给天堂里的父亲写信

徐汉洲　著

长江出版传媒　长江文艺出版社

徐汉洲

湖北大冶人。中国作家协会会员。湖北省作家协会会员。先后在《诗刊》《诗选刊》《诗歌月刊》《绿风》《诗潮》《长江文艺》《山西文学》《黄河》《特区文学》等文学刊物发表诗歌小说作品300余首（篇）。作品入选《中国年度诗歌排行榜》《中国当代诗歌年鉴》《漂移的镜像：2023中国诗歌精选》等选本。出版诗集《水的样子：徐汉洲诗选》。

一晃三十五年

——徐汉洲诗集《给天堂里的父亲写信》序

田　禾

　　我与徐汉洲是在二十世纪八十年代中后期认识的，那时他想加入湖北省青年诗歌学会，青年诗歌学会在湖北日报附近三官殿一间租赁的民房里，当时我正在负责处理学会的日常工作。他进门一开口说话，夹带着满口大冶口音，我就知道他是大冶人，是我大冶老乡，我感到一种格外的亲切感。当说到我们是同一年出生，是"同年"（有的地方称"老同"或"老庚"），更是异常高兴，有一种相见恨晚的感觉。因为这次见面，我们成为终生的好朋友、好兄弟。那时候我们想法不多，只是都喜欢文学，都热爱诗歌、喜欢写诗，徐汉洲还写小说、散文，听他说还参加过黄石市举办的青年作家创作笔会。我到武汉要早两年，当著名乡土诗人饶庆年的下手，跟他一起办青年诗歌学会、写诗。后来我介绍汉洲去省作协专业作家王维洲主编的《当代散文报》做实习编辑。没多久，大冶成立了文联，他被家乡几位老师招回去负责文联办公室日常工作。这一晃就是三十五年。

　　记得我还去过徐汉洲的家乡下徐湾，他带我看他家乡的山水，我们一起爬山，到湖里泛舟，吃他母亲做的红烧肉，晚上我们同睡一张床，打得像亲兄弟一样火热。以后我在武汉也很关注他的发展，一直到他离开文联去大冶劲酒厂上班。我调到省作协工作后，在参加省作协与劲酒厂举办的一次文学采风活动中，我们又见了面，看到他工作得不错，我很为他欣慰。

用今天的话讲，徐汉洲是个不爱"混圈子"的人。在武汉那段时间，除了我，他跟其他人都是保持工作关系，并没有过度的交往。至于他擅长写什么作品，往哪些报纸杂志投了稿，都是在发表之后大家才知道。我看到他在报刊上发了作品，得了稿费，就要宰他一顿，让他请客，其实就是邀二三好友为他庆贺一番。我本不会喝酒，但在那种高兴的场合中总要喝上一两杯，往往酒席刚刚开场我就先喝倒了，这在过后就成了他们的笑料。

在任何时候徐汉洲总是多做事少说话，办事沉稳踏实，任何地方他都不会去抢先发言，是个思维缜密的人，用我们老家的话讲就是细心稳重。他去企业后，我们基本失去了联系，不是了因为别的，我知道他搞企业不容易，非常繁忙，所以没去打扰他。但我相信，无论多久，他一定会重新回到写作这条道路上来的。

直到2011年前后，我们又有了联系，我发现他真的没有放下文学。他发表在2010年第10期《诗刊》上的两首诗，让我惊喜地发现，他的诗比以前写得好了，更有灵性了。2014年以后，我们的联系就多一些了，节假日也会互致问候。2023年春节前后，他告诉我，最近又要出诗集了，他把2017年以后的作品筛选了一下，要出本诗集，对自己几十年创作做个小结。我很为他高兴，没想到的是他一下子要出两本诗集，这之前，刚刚有一本诗集已经由百花洲文艺出版社出版了，书名叫《水的样子》。他请我写序的《给天堂里的父亲写信》是第二本。我仔细阅读了他的诗稿，发现徐汉洲写的诗，基本围绕"故乡—青少年—爱情"这条线展开。他的家乡在浩渺的大冶湖边上，往北是九十里黄金山，往东就是万里长江。大冶湖是湖北十大淡水湖泊之一，徐汉洲在这里生长，在这里生活，在这里娶妻生子，一直到二十九岁离开家乡。他的《喊鱼》《开春》《大寒》《冬日残句》《大冶湖的浪花》《无家可归或家是什么》《从来没有离开》《鸭司令》《下徐湾一棵柿子树》这些诗歌，生活气息浓厚，多以地域文化为底色，以家乡风土人情为彩绘，用精巧细微的细节、渗透灵魂的深情和独特的想象，写出了最真实的乡村风貌、人们的精神诉求和人生感慨。他的诗往往诗中有画、画中有诗，有生活的甜甜蜜意，有时又带着对人生淡淡的伤感，比如："冬天的大冶湖会结冰/结那种很薄的脆冰/胶鞋走在上面咯吱咯吱/会划出很多黑小口/光脚走在上面咯吱咯吱/会划出很多红小口"（《喊鱼》）。这看似轻松的描述，实际上诗人的内心是痛的，因为母亲的脚在流血。"船到湖心像进入仙境/除了自己掉在水中的倒影/没有神仙和蜃楼/湖中水草茂盛鱼美虾肥/捕捞根本不要工具/大喊几声/鱼儿自己会飞进舱"（《喊鱼》）。字里行间，无不展露出诗人对家乡的深情歌唱。"飞鸟拉开天幕/黎明漫过黑夜/屋檐高悬冰凌/星星惊醒/田园哈出热气/群峰抖落肩上的冬霾/昂起头颅"（《开春》）。一年之计在于春，农村长大的人，都知道开春对农家的意义。徐汉洲这首写春天的诗歌从小处入笔，切面一打开则纵横无疆，但又收放自如、把握有度，语言朴实自然、精炼准确，意象独特鲜活，勾勒出初春万物苏醒的气氛，给人一种清新明快的感觉。

徐汉洲有很多写爷爷、奶奶、父亲、母亲、兄弟、姊妹等亲人的诗，类似的诗我也写过很多，读起来格外亲切。汉洲的诗歌，就是对故乡的深度关切，对故土的深情厚谊，对亲人的深切怀念，如《荷叶灯》《办年货》《天空一直在俯视》《爷爷走了》《纪念母亲》《奶奶的微笑》《唤我乳名》等作品。"磨砂玻璃灯罩/上面印着荷叶荷花/据说是祖上所传/挂在大梁上/是堂屋的主灯/只有除夕夜/才能灌满煤油点亮"（《荷叶灯》）。这首诗的开篇不是单纯讲述乡下人过年的讲究，这种传承和仪式感实际上更有文化气息。"路过王跛子屋门口/爷爷喊王师傅/约他明天上家里做衣服/爷爷相中了一块蓝色碎花洋布/他要给奶奶做件新衣服/爷爷想着奶奶白皙的脖子/好看的身段/不由得加快了脚步"（《办年货》）。诗人通过爷爷去置办年货这个事情，把二十世纪七八十年代的鄂东南农村过大年的隆重性展露无遗，这就是诗歌的魅力，他不需要更多的文字，只要抓住一个点，就能让你感受到无论贫穷富有，生活中自有自己的快乐。《给天堂里的父亲写信》这首诗全篇平铺直叙、一气贯通，读完着实让人感动，徐汉洲的诗集就是以"给天堂里的父亲写信"命名的，说明徐汉洲对这首诗是看重的。我读过之后，虽然觉得诗人还可以写得更深沉一些、更内敛一些、更凝练一些，但读着读着内心自然而然生出一丝丝的疼痛感，让我想到了我的父亲，一个勤劳俭朴、憨厚敦实、老实巴交的父亲形象就站立在我的眼前了，不免眼睛也湿润了。

从这本诗集中我还发现徐汉洲的诗歌创作已经越过了回忆回味的阶段，他有自己的思考，这其中包括对人生、对生活、对生命的思考。如《人过五十》《饭局》《空杯子》《厚道》《求佛》《江湖》《我的菩萨就是我自己》《真话和假话》《诗本身是忧伤的》《信条》等。"过了五十岁/步入人生下半场/发现自己有两个明显的变化/⋯⋯五十是个门槛/一动一静之间/大局已定/无须争辩"（《人过五十》）。五十而知天命，写出这种诗句，说明已经发现人生不是碌碌无为、得过且过，而人生更有重要的使命，诗人在此时此刻有醒悟也有紧迫感。"人即江湖/有的江湖云卷云舒/有的剑走偏锋/江湖演绎大义和大爱/演绎智慧"（《江湖》）。我很少看到诗人以"江湖"入诗，或用"江湖"为题写诗，而徐汉洲写了，还写得挺有韵味。其实徐汉洲就是个有江湖义气的人，有江湖的侠肝义胆，他也写得情真意切，让人一看他写江湖就是在写他自己。就"人即江湖"一句，让人心灵一颤，感到一种人生哲理和生命哲学，意味深长。后面结尾很有意思，我的揣摩是，诗人绝不是戏谑："江湖的事情要在江湖相忘/有时家国情怀/只须马背上拱手一揖/叫一声/大哥"（《江湖》）。武汉有句话叫"什么大不了的事情说出来好商量撒"，但是徐汉洲的《江湖》不是市井之间的江湖，但无论多大的江湖，最终驾驭江湖的还不是人吗？所以，江湖是人，人是讲感情的，说到动情处泪光闪闪时，喊一声"兄弟"，胜过诗歌的千言万语。

徐汉洲后来几十年都在酒行业工作。诗集里也收录了很多他写酒的诗作。《糯高粱》《濮人姑娘》《制酒人》《采曲》《大盘勾》《老工匠》《良心》以及《敬酒》《一滴酒到底做了什么》等，徐汉洲在《制酒人》中这样写道：

鸡叫第二遍
他要起床沐浴、净身
要在酒神龛前下跪、磕头、焚香
……
厂长和几个老制酒人正在布置
他们搭一个拜神台，上供品
一条百余斤的肥猪
趴在短梯上。制酒人上前
摆好搪瓷洗脸盆，摆好香皂、毛巾
今天他是主角
等师傅们把仪式比画完毕
他跳进窖池，拿起掀子铲沙
面前很快升起了一座小山
第一甑酒很重要。厂长要他亲自烤制
接下来上甑，要往灶里添柴
火势要均匀，否则糟醅会煳、酒会苦
制酒人注视着从斗笠尖冒出的蒸汽
几十年的烤酒生涯

他已经能从蒸汽的白、厚、味

看出这锅酒的醇度、清雅、芳香

　　我读过很多诗人写酒的诗，却没有发现一位诗人对制酒的细节写得如此细腻，诗人把每一个细微的工序都写进了诗里，把酿酒师在酿酒前做的准备工作写得那样细微，显示了酿酒师对酒神的崇敬、对酒的敬畏和对职业的虔诚，却不显得有半点多余，而且感觉惟妙惟肖、韵味无穷。徐汉洲因为经营酒业，在赤水河畔生活多年，所以他诗歌的字里行间中，还夹杂着云贵高原东北部的神秘气息，他生活的赤水河是一条酒的河流，是一条诗的河流，永远在他的心头流淌，在他的生命中流淌，他所使用的略带专业然而质朴亲切的日常语，就是他诗歌魔力产生的重要源泉。

　　一滴酒里到底隐藏了多少风韵和传奇？徐汉洲不厌其烦地从一粒高粱说起，"告诉你一个秘密／濮人姑娘更珍惜双脚／在踩曲的季节／虽然不涂脂抹粉／但她们会仔细按摩／确保脚丫血液流畅／踩曲要姑娘为好／这个说法／是要保证踩曲合适的体重／过重，曲块板结／不利于微生物呼吸孵化／轻了，曲块密实度不够／容易产生霉变"（《濮人姑娘》）。传说的少女采曲并不只是仪式，更是酿酒人的一种信仰，一种对酒神的尊崇，是民间的大智慧。"他始终坚信／要用真材实料酿酒，要严谨地／把每一款轮次酒勾调到一起／酿酒师不亚于厨师／色香味必须相辅相成，一杯好酒／除了要交给岁月点化／更需要他常说的良心"（《良心》）。君子生财取之有道，事实上现在有些人做牛意短斤少两甚至坑蒙拐骗，这些都是现代商业的毒瘤。徐汉洲在这首诗里，心平气和地讲一个酿酒人的"墨守成规"，其实就是在宣传做人的良知，做人要有良心，赚钱要赚良心钱。这是一个商人的经商之道，是一个商人的良知，也是一个诗人的良知。

徐汉洲还有一些叙事诗，我听他讲是以一种"非虚构写法"写出来的，我觉得很好，一个诗人应该有自己多种创作手法或多种创作方式，允许诗人有自己的探索性写作，执意于在现代语境下日常语言的翻新求变，才能寻求到自己极具个性化的表现形式，才能创作常新。如他的《说书人》《磨刀人》《泥巴匠》《箍桶匠》《木匠》《修表匠》《制酒匠》等匠人系列，一如他上本诗集《水的样子》里收集的"爷爷"系列里的作品，给人一种全景式的叙事体验，这是纯文字式的"诗电影"表现形式，视觉独特，用叙事的笔调抒写个人的生命体验，揭示生活的某些真相，写得有血有肉，给人带来阅读上的新颖之感。著名评论家谢有顺说："好的诗歌，正是一种灵魂的叙事，是饱满的情感获得了一种语言形式之后的自然流露，它需要有真切的体验，也要有和这种体验相契合的语言形式。"对于这些，徐汉洲做到了，并在努力做得更好。如下面的这些诗歌：

> 糊泥巴的功夫，和在田地里
> 搬弄泥巴没啥区别。他知道，无论何时
> 把高楼砌到天上，人还是要回到地面
> 每次抬头看插在云端的屋尖

内心就莫名其妙地敲响小鼓

每到此刻，他都要点燃一支烟

呼出一串圈圈，一个比一个大，一个

穿越一个，就像层层叠起的宝塔

          ——《泥巴匠》

他的大锯片八指宽，像铡刀

他和徒弟轮番使劲，锯末飞溅

一根烟时间，一块板就揭下了

他亲自分料，哪一块做啥

哪一截做啥，"好料子要安到

好位置"

          ——《木匠》

他们和一把刀一柄锤一把锉

相伴一生

他们把自己的青丝雕成白发

把青葱锉成了沧桑

他们雕大梁

赋予图腾灵魂

他们雕飞檐

唤醒民族的壮美

他们雕家什

编排生活的诗意

坐到工作台上

他们是出神入化的能工巧匠

——《雕花匠》

读这些诗时，一个个栩栩如生的能工巧匠的形象展露在我们眼前，诗人以朴实、冷静的笔触，从人世的叙事中一点点呈现真实的生活场景，从平淡叙述中彰显人物性格。这些人物形象在生活中是真实的、鲜活的、可爱的，更是可敬的，读后给我们留下了深刻的印象。

徐汉洲平时是个大忙人，为制酒奔忙，为卖酒奔忙，为生活奔忙，然而他能挤出时间写这么多诗歌，甚至不乏有很多好诗，虽然有些诗歌还可以润色打磨得更好，但这已经很不容易了。作为与徐汉洲结识了三十多年的老朋友，我为徐汉洲今天取得的成绩感到高兴。我更相信，随着步入人生下半场，他会对诗歌有更多的感悟，有更多的思考，对诗歌创作会有更好的感觉和更好的状态，一定会写出更多更好的诗歌作品，让我们拭目以待。

2023 年 11 月 7 日于武昌水果湖

田禾，著名诗人，原湖北省作协副主席，鲁迅文学奖获得者。

目　录

下　辑

上　辑

▼

对家乡老钟楼的纪念

一座钟
对城市吐露了心声
分分秒秒
从子夜到黎明
从清晨到黄昏
从不懈怠

时间自有分寸
二十四个节律
设计了规矩
瓮声瓮气的音波
影响一方水土

我对那座钟充满敬畏
它教会我墨守成规
紧跟着它的步履
日出而作日落而息
从不敢越雷池

如今钟楼已垂暮
每一步都气喘吁吁
原先的矗立

早被四周的大厦吞没

背井离乡三十年
钟声始终隐藏于耳
像某种熟悉的叫唤
镌刻在心

对一匹马心生怜爱

我突然可怜起马来
日行千里不为自己
夜行八百不为自己
目标不是自己的
时间不是自己的
冲入敌阵，仇人
也不是自己的
一辈子吃素，却要交出
一身强健，一肚子善性
却要踏碎日月星辰
日行千里的马
夜行八百的马
昼夜驰骋，却由不得自己
直至死亡，也不能
逃出六米缰绳

软和硬

有软就有硬，我佩服
吃硬的人
我膜拜石头、古树、脊梁、牛角
我也佩服吃软的人
我会想到舌头、耳垂、狗尾、枕头
这人世
还有软硬通吃的人
两副嘴脸，左右逢源
而我更钦佩软硬不吃的人
我行我素
我就是我

在冬天一只鸟扑向我

要在何种情况下
一只鸟才会扑向人的怀抱
天空和湖泊并没有对调
阳光还是从上往下
清澈的湖面，一些风在
画着涟漪，只是此刻
比往日更安静
一支乐队入驻我的耳朵
它漫不经心地演奏
像冬天的光阴，慢吞吞地
被太阳晒热。而我
是一个嗜酒的人，喜欢
以醉眼观察岁月
观察天上的湖水
以及倒悬在空中的山峦
多数时候，我径直走向
湖心，看一看我自己
被高高倒挂的样子。现在
这只鸟跟我一样，上下
不分，鸟呀，你是否愿意
和我一起喝酒
和我一样醉眼蒙眬
以为冬日暖阳胜似春光

怀揣一根闪电

别以为冬天就没有热烈
此刻我怀揣一根闪电
零下十五摄氏度的深夜
电闪雷鸣，火山就要喷涌
全部的生命要化成浆水
城市猛烈摇晃，褪去
四平八稳，忘记君子本色
一扇扇平静得虚伪的窗户
走漏风声。星月对视
心领神会躲入云霭
我抱着火焰和烙印
以义无反顾的凛然
滑向深渊或者熔炉

请一场大雪席地而谈

北方大雪如席

我点燃泥炉，摆出

三五碟小菜，温一壶酒

我要打开柴门，请一场

大雪进屋，席地而坐

我想和她谈一谈

为什么你只爱北方

为什么你只恋高山原野

为什么你只眷顾燕京

梅花的冰艳？为什么

只为那里织造

踏雪、闻香、寻味的美景

而我，面对眼前的小格局

晒着南国 15℃的阳光

也想踩着厚雪

推门而入，我也想摘下

围巾，拍打身上的雪花

请衣着鲜艳的姑娘

帮我融化胡子上的冰霜

帮我点燃冰凉的胸膛

立春日

鸟儿的声音像打磨过
它们把黎明唱得无比清亮
今天开始
它们的羽毛越来越鲜艳
它们的丛林越来越嫩绿

天空换了一件薄衣服
在遥远和漫长的鱼肚白里
我偷听到太阳的微笑
真挚、宽厚、温暖
一如荷锄晚归的母亲
神色里找不到一丝疲倦

在立春日
无论是年里还是年外
她总是要烧一大锅热水
给我们姊妹逐个洗澡
她要
"洗出一排干干净净的新人儿"

饭 局

饭局就是酒局

吃饭必然先上酒

是局，就有讲究

比如座席，比如喝法

一如排兵布阵

主陪副陪三陪

主宾副宾三宾

像一场球赛，人要盯住人

菜未上先来三杯

开始时彬彬有礼

酒过三巡，放开谨慎

解散在嘴巴上把门的

所有人都开始进攻

宾主之间先干为敬

小杯已换成大杯

平时很文静的人

现在换了个人样

此刻也能

大嗓门、话大、故事大

为人为事必然经历

许多酒局，真情假意之间

推杯换盏之间，有些事情

有时还是要借助酒劲

说了白说还要说

不关乎

谁讲谁听谁听谁说

天上地上

没想到冬天的云朵
开出了冰花
在飞机跃升时咔咔碎裂
我经历过更严重的情况
所以平静面对
有些人却慌作一团
空姐一遍遍广播
说这是正常的气流扰动
安抚着大家崩溃
我更在意万米高空之外
天边展露的橘红
尽处似有村落隐藏
此刻我在想
那里会不会有草庐房舍
会不会遇见穿着唐宋服饰的人

云端对话

一个妈妈对儿子说
这么好的学校
每个月一万二
一学年至少十五万
两学期三十万
还不包括杂七杂八
怎么能不好好读
我发现那是我母亲
我母亲说
不好好学不要学了
两块五毛学杂费多贵呀
娘都是一分一角凑的
我思想负担很大
小男孩思想负担很大
他嘀咕说
读完书岂不是要花六十万
就是啊
小男孩低下头默默把平板电脑
放进包里
然后从万米高空往下看
我默默站起来，取下
墙上挂着的镰刀
去地里割麦

敬　酒

喊到第三遍
地头传出一声答应
肥实的油菜林挤出一个
单薄老人，他把一些老菜叶
丢进鸡圈，再走进后院
笑容里掺杂着更多的拘谨
我不上桌子，我不会喝酒
老人捂着嘴，我只剩一颗牙齿了
咬不动了，你们喝，你们吃
他躲进洗手间，妹夫喊，爸呀
今年你吃八十岁饭了，大伙要敬你
老人看拗不过，腼腆地出来了
他不容分说地坐到
临时加塞的塑料凳上
翻几下手，告诉大家
他洗了三遍，虽说嘴巴漏风
我们还是能明白他的语意
我看到，他的手掌已经泛黄
掌纹已磨亮，手背多处皲裂
左手大拇指和右手中指
还缠着创可贴

始 终

我用了三十年
逃离了故乡的视野
不像前二十年
无论多远
身后始终有一双手
随时能把我拽回
直到五十余岁的年纪
酒醉醒来却发现
我与故乡
始终并没有真正分开
每时每刻
我在哪里她就在哪里
夏夜的禾场
盛开着红莲的门口塘
扭动腰肢的炊烟
始终存放于我的心疼
我本是家乡一枚树叶
风停后
一定会飘落归根

念　想

遇见一条小溪
遇见一个洗衣服的村妇
我以为那是我老家的小溪
我以为那是我的母亲

太像了，直到我看出来不是
那轻柔的水流声
那专注的捣衣声
那灵巧有力的腰身

还有那几只鸬鹚
还有那几只蝴蝶
还有清亮的早春二月
今年已是辛丑年

阳光正洒在她的发髻上
闪着金色的光芒
我的母亲每年正月初十后
要洗一大堆过年的衣物

如今这一切
都成了遥不可及的念想

河 边

看到鱼就想成为鱼
看到鸬鹚就想成为鸬鹚
看到捣衣人的活力
我就想谈一场恋爱
鸬鹚模仿鸳鸯成双成对
鱼模仿人类而群分
我的目光却被
一个跑步的女孩带走
我是她的长发掀起的风
她跑我追
合作默契
柳树正在酝酿一场绿色
垂钓的人在瞌睡
我多想透过女孩的发丝
贴近她的耳朵
问一下她的姓名

古衙门

一座衙门横在眼前

长得很严肃

有点像一座庙宇

我听到惊堂木吼了一声

站着的人缓缓跪下

有人喊威武

有人站着进去

躺着出来

有人哭着进去

笑着出来

虽是七品

却能决生死

如今，在高楼之间

衙门耷拉着

屋檐像两只长角

整个面相

像一只风干的牛头

黄山臭鳜鱼

有些事情只有做到

不可理喻

才是美。比如一条鱼

它有时不需要新鲜。相反

腐败了才是味道的极致

按道理

烹饪一条鱼

首先需要活蹦乱跳

也有人逆天

做出惊人之举

颠覆了正常思维

还喊美味

比如臭鳜鱼

注　意

春节回家
我脱下外套
三岁的外孙女
拒绝了我的拥抱
她躲到外婆背后
用很陌生的眼光看我
用小手指着我
严肃地说
外公身上有一条鳄鱼
我这才明白
我的皮带引起了
她的注意

空杯子

倒，再倒
继续倒，还要倒
把七情六欲
倒掉，把痴心妄想
倒掉，把这些年
认识的人统统倒掉
最好一键复原
还我光光的真身

不能再装了
何以承受，骨骼走样
基本人形就要失去
油腻、肥胖、自由基
已无处安放，倒，坚决倒
倒掉行尸走肉
倒掉天生媚骨
倒掉满嘴谎言
要倒空，空空如也
像一只干净愉快
有包容心的杯子

煮　茶

今晚想煮茶
顺便煮一煮近期
一堆心思。水壶很快响应
选茶，又引发困难
我的小茶坊自有乾坤
这里藏着云南、福建、四川
藏着湖北、湖南，去年添加了
广西和安徽，今年又来了
浙江、江西。我经常在茶叶的世界里
一圈圈踱步，一会儿普洱
一会儿武夷山，一会儿安化
一会儿羊楼司，一会儿清香扑鼻
一会儿烟韵四溢，一会儿
碧绿如针根根立起，一会儿
色泽红润满含芳华
选一款好茶要技术
面对天姿国色，每次我尽显迟疑
这不关茶叶，而是关系到我和
各个产地的交情。有时
我考量的是生熟，有时
要看年份和成色，浪漫时
冲一杯简洁的吴越红袖和安吉白

酒醉时，吹一口暗红色的茶汤
肤色黝黑的俊俏从杯里
盛装升起

一滴酒到底做了什么

一滴酒到底做了什么
为什么你不能像米饭、面条那么安静
三杯下肚，真的能看到另一个世界
真的能打开另一重思维
我是一个对酒充满敬畏的人
一辈子成也酒败也酒，甚至说过剁嘴
说过要在酒杯上涂满鸩毒
也曾恳请关心者剪断我的舌根
恩恩怨怨中，惶惶恐恐中
一路走来，一身酒气，一腔酒话
有的中听有的刺耳有的混账
兑现不了的都归纳为酒后之言
说了三千次要戒酒，却没成真
可谓臣妾做不到，不忍心真下手
假话说千遍也还是假话。但
酒到底是什么玩意，穿血，穿心，穿神
穿透泪光，神魂颠倒，荡气回肠
是天使也是魔鬼
欲罢不能，欲说还休，斗酒诗百篇
醉得像个活死人、偏执狂，歇斯底里
没喝前，是个凡夫俗子，三两下去
每一根汗毛都金光闪闪，浑身的

血液在酝酿呼啸，三寸之舌
要鼓荡起惊涛骇浪。八两下去
眼光俨然君主，万千江山，探囊取物耳
再加四两，两鬓生风，轻舟已过
一千河，银河系，牛郎织女
人马座，仙女星系
何人欲与我同往？

对　话

十四岁就没上学了

想去打工。她说

你看，我都是大人了

一米六的个头

四十六公斤的身段

有了大人应有的模样

你该读书啊，你应该读高中

读大学。读不进的，她母亲帮腔

你就带去吧，广州、深圳

那地方比我们村大得多，世面广

可是？没有可是的

她打断我的疑问，果断地说

你是大老板，我跟着你

不会有错的。我的胸口跑出一阵鼓点

密集急促。你还是读书好

出去打工太早了，可以等高中毕业

什么高中毕业，不带就不带

你不带有人带，就是读不进嘛

成天躲学，去钻茶树林谈恋爱

白浪费钱，她母亲透露了原因

我再次说她

你该一门心思读完高中

你们站着说话不腰疼

我是考不上大学的，再说

我不是大人了吗？我比我妈高

说书人

说书人失眠了

今夜说了什么？王宝钏

寒窑苦等十八年

每讲到这个部分

他都会情不自禁。但不致

辗转难眠，他谛听星星

的脚步声，仔细辨别光阴

三点，四点，五点，快天亮了

他的呼吸急促起来。他想冲出门去

摸摸黎明，亲亲晨风，他还想

趁没人看见，把藏在心里那句话

捧出来，偷偷亲一下。想到那轻声细语

他就要笑，想到被她扯了一下袖子

那儿的肉还在发烫呢。都寡了十年了

还像个小姑娘，这句话没说出口

他就笑出声来。她的嘴唇一定很薄

像石榴一样红，她的牙齿一定很白，像糯米

她的微笑一定像大雪过后的晴天

可是他没见过石榴的红、糯米的白

也没亲眼见过大雪后的晴天

他是个瞎子

磨刀人

他的手艺是祖传的
随便捞起一根锈铁
他都能磨得金光灿灿
村头的老樟树是他的顶棚
摆好木凳、粗砂石、细砂石
挂好一块老麻布。大喝一声
磨剪子戗菜刀，我家的大黑狗
第一个冲到他面前
他光着膀子干活，以舌头和
大拇指测试锋刃，有时扯一根狗毛
我母亲就会喝止，他就说
你家的不要钱，白磨。他的肩宽
脊背釉亮，像被打磨过一样
不少堂客围观着，咬着耳朵
慢慢地没人要磨家什了，慢慢地他老了
但每天仍然走巷串街，只是喊声越来越小
一天，他央求我母亲把刀给他磨一磨
磨了三下，砂石断成两截
几日后，传来他躺在自家床上
再没醒来的消息

泥巴匠

就算是转了户口
还是一个和泥巴打交道的人
把泥巴烧成砖，砌成高楼
手里的砌刀，到现在是第二十把吧
还真没人能说出来。徒弟成群
却自己被一个饭盒提了五十年
再有技术，还是一个泥巴匠
在徒弟眼里，不过就是
糊泥巴的功夫，和在田地里
摆弄泥巴没啥区别。他知道，无论何时
把高楼砌到天上，人还是要回到地面
每次抬头看插在云端的屋尖
内心就莫名其妙地敲响小鼓
每到此刻，他都要点燃一支烟
呼出一串圈圈，一个比一个大，一个
穿越一个，就像层层叠起的宝塔
每次看着自己的楼，有快融化的感觉
他想告诉每一个陌生人，这通天的家伙
是他亲手送上去的，随即捂紧嘴巴
偷看四周，脸色绯红，像做了什么错事
算起来，这辈子
他参加了十几栋大厦建设
其中有四栋他是项目责任人

箍桶匠

几块木板到他手里

就可以盛米、装水

就可以洗脚、洗澡、洗衣服

一样的材料，别人箍的

三个月后就会漏水

而他的手艺可以保证三年

一块牛皮保护着吃饭的家伙

短锯短刀，长锉短凿

裹着油腻，闪着寒光

那些年他也扎实忙碌了

晚上都开工，结婚要米桶水桶

接生孩子要新澡盆，还要尿盆

十里八乡都到他门口排队

他家的大灯泡是大队特批的

两个加起来超过 250 瓦

晚上就成了白昼，箍桶匠成了稀罕

走到哪里，都有人递烟

耳朵上、手上夹着烟卷

成就感扑面而来

回到家却会挨骂。老婆说

嘚瑟啥啊，家里的水桶都裂成

四瓣了，每天去隔壁借桶

你眼瞎了？光芒很快暗淡

他嘀咕着说：这不是没空吗

劁猪人

劁猪人要有强健麻利的
四肢，一只脚踩住猪脖子
一只手按住猪的臀部
一只手拿出巴耳刀
趁着女主人眼泪没出来
切向粉色的小腹。对
劁猪人的手艺评价，要时间
失了手，公猪就不长肉
还到处追母猪，让主人丢脸
失了手，劁猪人这碗饭
就吃到头了。我们村的
劁猪人大有来头，据说
祖上给落难的皇帝开过刀
那把巴耳刀传了八代人
他家人的食指比一般人要长
那是专门伸进刀口的钩子
准确地抠出要割掉的管道
他也劁鸡，但不叫劁，叫骟
骟鸡不用牛刀，他把一根针
捶扁，磨锋利，不到一个钟头
二十只踌躇满志的小公鸡
完美地失去了命根子

他不剐狗，因为他被狠狠咬过一次
他常说我讨人喜欢，不讨畜生喜欢
走到哪里，哪里鸡飞猪跳

木　匠

只有他坚持纯手工
从头到尾，从上到下
从内到外，打孔挖槽
斧锯刀锉，以精细的功夫
雕刻榫卯，把一块块
各种各样的木头连起来
一百年，一千年，也不
松懈、脱离。他的手艺从
选一棵树开始，他最喜欢
老香椿，"那家伙红亮得
自带颜色"，其次是老香樟
"这个料子从头至尾都让人
迷离"。锯木时亲自上阵
他的大锯片八指宽，像铡刀
他和徒弟轮番使劲，锯末飞溅
一根烟时间，一块板就揭下了
他亲自分料，哪一块做啥
哪一截做啥，"好料子要安到
好位置"，十多年前
有人要买他的名字做品牌
还说要请他做顾问
七位数的买断费也没能

动摇他。他的理由是

名字是爹妈取的，我没有权出卖

要买去找他们批准。而他双亲

多年前已经去世。为此，他堂客

改唤他"老不死"，先前

唤他"死脑筋"，而他的真名叫

"满堂红"

刻在他亲手打做的家具上

制酒人

重阳节头晚
制酒人会主动跟婆娘分床睡
鸡叫第二遍
他要起床沐浴、净身
要在酒神龛前下跪、磕头、焚香
鸡叫第三遍
制酒人带着锨子、铜壶
歪歪斜斜地下车间
歪歪斜斜不是因为喝了酒
而是厂内的土路不平
板车轮子把路轧出了两条沟
歪歪斜斜地走是为了顺势
躲开沟壑避免脚扭崴
制酒人对厂区了如指掌
他一会儿照照前面，一会儿照照后面
他在找同样早起的工友
造酒车间里，早已灯火通明
厂长和几个老制酒人正在布置
他们搭一个拜神台，上供品
一条百余斤的肥猪
趴在短梯上。制酒人上前
摆好搪瓷洗脸盆，摆好香皂、毛巾

今天他是主角

等师傅们把仪式比画完毕

他跳进窖池，拿起锨子铲沙

面前很快升起了一座小山

第一甑酒很重要。厂长要他亲自烤制

接下来上甑，要往灶里添柴

火势要均匀，否则糟醅会煳、酒会苦

制酒人注视着从斗笠尖冒出的蒸汽

几十年的烤酒生涯

他已经能从蒸汽的白、厚、味

看出这锅酒的醇度、清雅、芳香

制酒人有时看到水蒸气是跳舞的美女

有时看到跳舞的是自己

多年来，没有鲜花，没有掌声

只有早醒的麻雀，一群群在香樟树上

有一句没一句议论着制酒人的发线退缩

以及脊背微驼的曲度

修表匠

有的螺钉像头发丝粗细
有的滚珠像一粒芝麻
由表及里，由里到表
夹板、压板、弹簧、龙芯、小铁车
二百多个零部件
如数家珍，甚至不用看
摸摸就能知道是什么
闭着眼睛就能完成组装
他的自豪摆在背后的破柜子里
那是每次技能比武的证书
总共有十几本
有工厂要他去做技术员
他总是以自己是跛子为由谢绝
明眼人知道他是舍不得
这个街角，这张也跛了一只脚的
五屉桌，是他的世界，他是王
从他这个角度，可以有意无意
扫见对面街边卖水果的俏嫂
她当寡妇满三年零一个月单六天了
俏嫂水灵，一头浓密的乌发
腰肢富有弹性
他左眼戴放大镜，就拿右眼扫她

只要扫得到那个神一样的身段
他的手艺又快又好
不久有人惊讶发现两个变化
一是有烟鬼之称的他戒烟了
二是俏嫂袖口内闪现着一只
明晃晃的手表

雕花匠

不是画家，也不是木刻家
他们是雕匠，他们雕刻木头
他们雕刻的木头堆成山
他们和一把刀一柄锤一把锉
相伴一生
他们把自己的青丝雕成白发
把青葱锉成了沧桑
他们雕大梁
赋予图腾灵魂
他们雕飞檐
唤醒民族的壮美
他们雕家什
编排生活的诗意
坐到工作台上
他们是出神入化的能工巧匠
走在路上
他们是行色匆匆的下班工人
没有署名
千家万户是展厅
在孤单的敲打和摩擦声中
迸溅的木屑和锯末
粉饰着雕花人
一板一眼的神情

鸭司令

四十年如一日
指挥千军万马
征战十八个湖嘴
放鸭人叼一支烟卷
嘴角不断拉出薄暮
乌篷船昂头挺胸
拖一片活泼的白云
他不仅是鸭司令
还是光杆司令
四岁失去母亲
跟父亲放鸭为生
十三岁又失去父亲。从此
一条船、一根篙、一群鸭
一道比纸厚一点的身影
是十八个湖嘴的熟客
三十里湖岸线是他的衣钵
十五岁，十八岁，二十岁
鸭群越来越大
三百只，五百只，八百只
三十岁，三十五岁
他没爱上女人
却爱上了吸烟

每天只需点一次火

就能一根接一根烧到梦里

四十岁得了怪病

手脚痛成鸡爪

脊梁也痛弯曲了

一个人、一条船、一根篙

一片活泼的白云

不知道能否迈进

四十五岁、五十岁的门槛

走失的桃林

有一片桃林
我永远都不想涉足
它离我太远，乃至于
远在天边。它离我太近
藏在我眼底

每年三月
我的眺望长满惦记
我惦记桃花缤纷
我惦记溪流染色
我惦记的蝴蝶
飞入花丛

那年的桃花格外密集
像是移来了厚厚的云彩
我们踩着柔软的花瓣
被宽阔的香气撩醉
你的头发上开满了桃花
一棵新秀恣意怒放
青春压低百亩桃园

我追着那根写满落红的发辫

把自己走失，从此

在我心里，有一座桃林

安放了四十载

布谷鸟

我不知道布谷鸟怎么想
我也喜欢春天早点到来
它比我早，大年初一
在零乱的雪花中，在天空
写满"插禾""插禾"的叫声
为此，端着酒杯的庄稼汉子
脸上烧着几分犟红，他们
要提前盘算今年的收成

季节显得急不可待
春分破天荒跑到了腊月
和数九天撞了个满怀
那可是西北风的世界
人们的日子层层包裹着厚重
暮色低垂的村庄
弥漫着浓烈的烟熏味、墨水味
人们烤腊肉、写春联
欢度一年里最庄重的日子

布谷鸟很忙碌
它密切关注节气的变化
它要提出春天核心的主题

我是个懒人，更在意
剪三尺春光，让抱着火盆的奶奶
在新年里从容不迫地睡个懒觉

春分一过

春分一过
风向就变了。鸡叫的时间
也在改变，等到我看见
窗帘上的白色微光，不是七点
而是早晨六点了。林子里的鸟
换了个话题，现在正举行合唱
院子里两只鸡面面相觑
总觉得那些唱词充满敌意

现在的风很温驯，像我们养的
马儿，舔着主人的手背
它们消融寒冬，要摘取我头上的
帽子，野草就要返青，人们恪守
种豆得豆的规律，在田园里丢下
成双成对的刀豆、豇豆、绿豆
他们用透明塑料薄膜
为秧苗搭一座关着阳光的房子

而我，正在想着春风启程之地
想去做个赶脚的人，酝酿
一场绿色，从南到北，无边无际
或者做一颗雨滴，点亮草木头上
苏醒的桂冠

大雨打湿了我的梦

凌晨四点
大雨打湿了我的梦
雨水晶莹冰凉
缝补着勃发的思绪
这是江南的雨，在三月
永不断线的雨水是我的灵感
我喜欢聆听下半夜的雨声
从每一条瓦垄集结的雨水
跌落到门前的青石板上
我爷爷也会醒。他披衣而坐
点燃一锅烟，看看窗外，看看我
并不言语。那时的雨更大
更有力，天地一片喧哗
听着这种洪荒而单调的韵律
我做起各种颜色的梦
今夜，我披衣而坐
故乡离我很遥远，窗外
并没有下雨，我听见两股泪水
无声奔涌
稀里哗啦地诉说着
一些过于久远的往事

四十年后，那碗面疙瘩仍然让我心疼

我记得十里长堤，只有半人高
母亲每天要完成一百担挑土的任务
她个子瘦小，统一规格的筐箕
体量宽大，母亲必须两只手
一前一后扯着这装土的家什，生怕
里面的土撒了出来，所以姿势并不好看
有时还会招惹窃笑。别人则不顾
只是加快步伐，争取多得一粒黄豆
一粒黄豆代表一担土。截至黄昏
母亲还只有八十多粒黄豆。我注意到
母亲衣服汗透，可她的面色依然平静
不少人已经完成了任务，他们坐在一边
说笑着，满脸轻松。那时我只有六岁
主要是照顾好自己，同时小心地保管
母亲的豆子，不让风吹走
母亲是最后一批完成任务的人
此时天已擦黑，按生产队长的安排
不管谁最后，都要留一碗面疙瘩
昏黄的白炽灯下，母亲飞快地拿到一份
塞到我手里，说，快吃，吃完回家
她自己拿着搪瓷缸子去装满茶水
那时候，围湖造田

生产队都会供应一餐好饭，面疙瘩是精粮
吃一回都会稀罕半年。虽然已经凉了
我吃得依然香甜，母亲大口喝着水
也很香甜

他像一个啼哭的婴儿

有一天

他突然大哭起来

谁也劝不住。他奔六了

有房有车，不欠外债

不欠人情，子女很有出息

向阳门第，阖家幸福

他打算五年后退休，回到老家

把老屋翻新

要有一个小停车场

要有带烟囱的柴火灶

要挖一口小鱼塘

要种一块小菜地

要按小时候的想法

布置一间书房，读书、写字、舞剑

要有几件工具，铁耙、铁锹、锄头

夕阳西下，踩着松软的炊烟

荷锄归来，鸡鸭成群

自己可以不修边幅

这是心之所愿啊，只要愿意

实现这一切没有问题

而此刻

他像一个啼哭的婴儿

因为他想起来

还要为自己找一小块墓地

烟　火

一座土炉子的灵魂
就是烟火
一条绳索钓起鼎罐
火苗柔软地
舔着铸铁罐底
食物的香气沉醉着
五双兴奋的眼睛

木柴干燥，炉火热烈
我们是烟火熏大的孩子
烟雾挡不住我们的视线
肥厚的腊肉
在沸水中痛得翻滚
最小的妹妹趁奶奶不注意
伸出小手抓了一把水汽

烟火蒸煮着日子
烟尘在椽子上长出胡须
如今，小妹妹已到中年
她系着干净的围裙
麻利地做出一桌好菜
鼎罐还是过去那只

烟火燃自当年

我们围炉而坐，喝酒划拳
爷爷注视着一切
他一定背着手，摸着胡子
这几个捣蛋鬼
终于被烟火熏烤成熟

清明要明

我认得那些小黄花
长着六片花瓣
拥簇着几丝纤弱的花蕊
我记得它们的香气
我认得那群蝴蝶
它们洁白得有些清高
它们追逐着飞，绕着圈飞
像一群忠实的卫士
我感恩春天
一抔黄土慢慢转暖
躺在里面的人仍在沉睡
从那个牧童指路开始
这天的雨落了多少朝代
也许还会落到明年、后年
今天，在千里外
我祷告神明洒下阳光
因为我那
住在坟里的母亲
认为清明要明才好

夜逛春熙路

能在春熙路
一个人大摇大摆
也就是我了
我不害怕落单
成群结队的人
咬着竹签上的肉条
说着好玩的笑话
他们都在抹眼睛
我的视线很辣
他们手上的味道
渗入我的目光
我感到很多泪滴
都要奔涌出来

茶　楼

成都人的生活
有一半在茶楼上
他们对环境不太讲究
可以是临街门面
可以是河岸的草棚
有今年的新茶就好
有烧滚的山泉水就好
有人必须是飘雪
有人必须是竹叶青
茶叶在玻璃杯里翻滚
话语在嘴唇间翻滚
他们说话的语速很快
夹带着古巴蜀的韵味
腹腔里隔夜的椒麻香
呼之欲出

巴　适

成都最巴适的还是吃
有好事者数点几个商圈
美食店根本数不过来
一条街走过去都是馆子
一条街走过来都是馆子
除了馆子就是安静的
等待进馆子的人
这很奇葩
在成都等待两个小时
吃一个兔头或者蹄花
是很巴适的事，无关
老少，无关土著还是游客
他们手里拿着号牌
等着时间一秒一秒滑过
等着叫号，一旦轮到
像中彩一样欢呼
巴适
一头扎进混合着
干辣椒鲜麻椒的香气里

龙门阵

北方人叫侃大山
成都叫龙门阵
这就是巴蜀文化
聊个天视同摆阵
这得多大的架势
两人就面对面
楚河汉界
四人就各霸一方
天文地理历史奇事
一起笑，个瓜娃子
一起骂，个瓜娃子
遇到各执一词
面红脖子粗
圆睁眼睛决不示弱
直到一个给另一个添了
茶水，递过一根烟
恍然大悟
关我啷个事撒，来来
摆阵摆阵
继续

川 味

川味是什么味
认为是辣椒就错了
认为是鲜麻椒也错了
大油大辣大麻
红油鲜亮，椒香汹涌
这也只是它的表象
一根鸭肠可以刮洗得
白嫩嫩如蝉翼，不能断
一根猪脚可以炖得香糯白嫩
还不能散，一条鳝鱼剖成
一把面条大小的丝
不只是刀功，不只是火候
还要看时间，三秒，五秒
一定要趁热，不能凉
一定要吹三下方可入口
最好有戏台，川戏登场
最好有变脸，尽管对剧情
了如指掌，但该笑还笑
该鼓掌还鼓掌，说到三国
说到八十万巴蜀子民打天下
他们眼圈一热，吧嗒吧嗒
就会感叹，就会哭
为先人流泪

生活的真谛

以十分认真

九成把握

一丝紧张

以青的、红的、白的

食材，拼凑出

五菜一汤

昔日掌上明珠

从"我不会"

到小试牛刀

如今是常任主理

生活如蹒跚学步

锅碗瓢盆的日子

哐啷哐啷，关键在

默契，一个眼神

能扣准心弦

平淡是人生的本真

偶尔想起重口味

一勺辣椒就能解救

很多事无关紧要

关键看

对面的人

嫁　接

我想嫁接一只鹰
然后飞翔天际

我想嫁接一棵藤
然后绑住一棵大树

我想嫁接一座山
然后容纳一片森林

我想嫁接一条河流
然后奔腾千里

我想嫁接你的眼神
然后千回百转

刹住光阴

他们说今天星期五
我觉得不可能
昨天不是刚过星期一吗
脑子里一大堆事纷纷探头
太快了，真是太快了
真想安一个脚刹
踩住光阴的速度

突然想改名

五十岁后
觉得这半生
浪来浪去
与名字有关
每个字都暗含波涛
爷爷是想我逐波四海
离开巴掌大的渔村
现在证明
我不太适合远行
特别是当一个漂流客
还不具备那样的底气
我想我还是取一个
带金字银字的名字
金锁、银锁
亦可以取一个
带天字大字的名字
天一、大富
还有长青、福贵
阿猫阿狗也不错啊
只是担心
将来与爷爷相见
他该唤我什么

给天堂里的父亲写信

父亲大人在上
不孝子泣告，二十多年来
您的小女儿已经抱孙子了
我、您的次子、三子
都快要抱孙子了
您的大女儿最先抱孙子
老屋拆了，重修了
前屋和后屋连在一起了
我后来去了湖南，定居长沙
您的爱孙、爱孙女都长大成人
至今，我们一大家人
过年过节都要聚在一起
人多到两桌还坐不下
都有新车，都盖了新房子
别人家有的我们都有
我们每次都会给您斟满酒
大家觉得您从没有离开
虽然看不见您动筷子
但我们都能感觉到您坐在首席
喝酒后哼几句戏的样子
父亲，今年年岁会好
大家精气神不错

您一百二十个放心，您在那边

要舍得花钱，如不够

七月十五请个马帮给您背

保管够

此致

磕头

2021 年 5 月 23 日

诗人开会

不能限制抽烟
不能限制喝酒
不能限制瞌睡
能随时发表意见
能会下开小会
能自由进出会场
不可能统一服装
不可能对号入座
不可能统一坐姿
随时会大叫
随时会大笑
随时会哭
诗人开会
要松散
形散而神不散

忽一日

每逢下雨天
我们都会看到一个
穿蓑衣的人
在这段低洼道
拿着一把铁钩
把每个涵洞盖拉开
扒拉干净水中的
塑料袋和乱草
这个地段
七年来没淹水
忽一日又暴雨倾盆
低洼道涨水
前面的车像船
浮了起来
后面停滞的
越来越多
喇叭声此起彼伏
都在催"管理员呢"
"管理员死哪里去了"

那个人不久前确实死了
不是管理员
他只是一个捡破烂的孤寡老人

云中思

阳光的利剑

并非都可以刺穿云团

那不是我们想象中的霓裳

相反，云有重量

是天上的山，是一只大口袋

要装很多东西

撑不住了，就以冰雹

以暴风暴雨暴雪的方式解脱

我有时也不堪重负

以致辽阔的脑海

放心不下一个名字

放心不下一株桃花

放心不下一次回眸

良 心

不是厨师，却
烧了三十年火，煮了
三十年粮食。如今
面对每一锅高粱
越发显得紧张。自己不抽烟
也不许徒弟抽烟
这个霸道的男人胡子硬朗
像一把毛刷，生气时
一根根竖起来。这种情况
也不常见。他在甑桶前坐下来
凝视着一圈圈袅绕的水汽
分辨着在鼻尖上跳舞的
香气，这可是几百种香
怎么变也逃不脱甜酸苦咸鲜
一丝笑靥滑过他的嘴角
四大酸四大酯分别呈现什么
他胸有成竹。他的每一杯酒
都可以打满分，但不是每一杯
满分的酒都能获得别人好评
所以脑海里经常冒出一个成语：
众口难调。不过他始终坚信
要用真材实料酿酒，要严谨地

把每一款轮次酒勾调到一起
酿酒师不亚于厨师
色香味必须相辅相成，一杯好酒
除了要交给岁月点化
更需要他常说的良心

糯高粱

何以如此神奇

个头小，性格强

坚硬得以为自己是一粒石子

选重阳为吉日，投入三米深

窖池，埋藏三百六十五天

让自己的皮肤失色

让自己的内心柔软

让等待的人，绕着陈年窖池

走了一圈又一圈

他们以红泥做窖帽

确保发酵温度

能穿透上中下三层

第一次蒸煮不动声色

第二次蒸煮不伤皮肉

第三次逼出内在物质

第四次截取芳香四溢

一直到九次蒸煮

这粒高粱才交出答卷

一粒生长在

云贵高原东北部的糯高粱

本来猪都不吃

却搅动了饭局风云

濮人姑娘

告诉你一个秘密
濮人姑娘更珍惜双脚
在踩曲的季节
虽然不涂脂抹粉
但她们会仔细按摩
确保脚丫血液流畅
踩曲要姑娘为好
这个说法
是要保证踩曲合适的体重
过重，曲块板结
不利于微生物呼吸孵化
轻了，曲块密实度不够
容易产生霉变
濮人姑娘体态轻盈腰肢柔软
天生踩曲的本领
她们反剪着双手
端午时节将新麦用热水发涨
以舞蹈的动作，有节奏地
赋予曲药神韵
她把镌刻着独特印章的
码放于阴凉处
让风、空气、光以及

河谷里的微生物互相交融

逐渐干爽

满屋生香

第一课

今天不说牛刀

我想说雄鹰

不说蓝天、长空

不说眼神、利爪

不说敏捷、尖锐

今天我想说

悬崖、惊涛

我想说黎明时分

一个母亲以残酷

让一个肉团振翅欲飞

劈开了生命的序章

这个时刻

雏鹰领略到

无比凄厉的陌生

陡峭的绝地

潜伏着犬牙交错

这是非此即彼的结果

这是它认知生命的

第一课，也是它

真正经历生死的

第一课

辛丑年屈子祭

在汨罗江，风和日丽
我以同样的心情
绷紧双腿跳下去

江水清澈、腥气逼人
一根根水草自顾摇摆
虾蟹、蚌壳当道
河床平整，铺满沙子
上面没有任何记述
没有官帽、纶巾、斗篷
没有愤怒、绝望、孤寂
我相信，两岸齐刷刷的芦苇
正是那些竹简发出的新芽
江底遍布的顽石
就是那些坚硬的骨头

江水很热
我汗如雨下
仍然不见那一袭
黑色身影，哪怕一尾黑鱼
我不能放弃，我想
在这水里多泡一会儿
哭一哭
那个呼号的亡灵

顺便洗一洗自己

伤口里不断流出的血

进　项

大师让写个字

信手写

我写了一个"国"字

大师说好字好字

七月你的运道好哇

有美人入怀

有财富入户

美人和财富至少得有一个

见我面色并不绽放

他补充说

今年都过了一半了

你应该

有点进项了

麻　雀

麻雀是无忧无虑的
人们并不知道
它们怎么生怎么死
人们只知道
它们无处不在
相伴黎明
相随夜色
我觉得这些麻雀
应该叫家雀
它熟悉你的院子
还学燕子到堂前做窝
它们不躲避人
也不管有没有人
从容不迫
就像这里本来就是
它们的地盘
人们是它的客

规　律

日复一日地重复

不能差毫厘

就是规律

比如说日出而作

日落而息

长大了要谈婚论嫁

要成家立业

繁衍后代

草木在春天要返青和开花

夏天孕育秋天结果

一切都有序进行

万事万物皆有章法

皆有生命和思考

皆有逾越不了的

律条

大 山

我相信

一座山是鲜活的

飞禽走兽是翅膀和腿

松涛呜咽是曲调

以峭壁切割北风

以滚石表达性格

一座山是有胸怀的

它的稳重自有内涵

一叶一菩提

一山一世界

四季是四套衣服

青红黄白，周而复始

大山不言，一如我

走了多年的父亲

性格倔强，一辈子没有

多说一个字

求 佛

我终于明白
那些求佛的人
都是有备而来
都是真的有事相求
过去我以为
只有穷苦人求佛
现在才知道
道貌岸然的人
也要求佛，他们
起得更早
点的香更粗
跪拜的时间更久
他们眼含泪光
手指颤抖
嘴里叫着菩萨
好像比穷苦人
更穷更苦

端午帖

没有哪一条江
能在某一天
被所有人同时惦记
为此还要放下工作
杀猪宰羊浸泡糯米
摆祭台包粽子
还要给门窗插上艾草
给酒杯斟满雄黄酒
还要赛龙舟放鞭炮
一个仪式，就这样
延续了两千多年

古时的人
也不喜欢阿谀逢迎
他们性格刚烈
更在意直抒胸臆
最后的纵身一跃
以愤然之刀
在求索的路上刻了
一道永远的痛
以后的楚人
以此为印记
书写一代代血脉

芳　草

走到落魄时

会感到远方太远

阳光打着寒噤

大山是潜伏的猛兽

河流伸着湿滑的舌头

森林躲在阴影里

顺着峡谷摸来的北风

停住脚步

打量着离乡的人

很多时候

没有转身的路径

要用骨头应对恐惧

要用尚热的气息

煎熬寒夜，很多时候啊

想要有所依靠

哪怕被一株芳草

刺破内心

也是幸福

观音山

山不在高

不在险，不在奇

不在荒芜，不在僻壤

菩萨圈了一个点

降下莲花台，大慈大悲

菩萨牵挂天下穷苦人

千年如一，设道场

宝殿和僧舍

点化和拨冗万民

色就是空，空就是色

阳光与空气

是生命的全部

古樟群芳香四溢

提神醒脑，除了洗肺

还能洗心

洗涤浑身上下里外

洗涤流在血里或

嵌在骨头里的风尘

肉胎凡身

观音山观雾

谁穿着白纱裙

在这浅浅的山峦间

飘逸，一股清香

错落有致地

在平和的峡谷中散布

时值四月，映山红拥簇着

点燃大片鲜艳

在薄雾的袅绕中

愈发端庄和含蓄

这些雾已成规律

它们子夜升起，或

漂洋过海，或从天而降

绘制着千篇一律的魇景

清晨观雾，心揣糊涂

要醉心于迷茫

看自己在一团团白雾间

不能自拔

同心锁

我确信

这把锁

锁住了一座山

锁住了一万个心愿

这把锁之重

超过泰山

这把锁之大

容纳了古往今来的

许诺和祈求

有人和锁合影

双手比画出陶醉的形状

有人在锁前跪拜

请求锁住他们的倾慕

永生永世

也不打开

避风港

有时候我远离人群
远离尖刻和丑陋
到蜂巢里去寻找慰藉
有时候我想凌空飞翔
与白云为伍，俯视人间
看清一些看不清的嘴脸
事实上我都做不到
我唯一能做的
就是把头埋进诗歌
这是我唯一的避风港

我到过无数陌生之地

我到过无数陌生之地
并在那里居住
时间有长有短
我总是把他乡认故乡
虽然不懂麻雀的方言
不解花草的密码
我也会流连忘返
很多时候一想到明天
眉梢就低垂下来
我不是一羽
只懂归去来的迁徙鸟
我的轨迹一团乱麻
交织、突兀、纠结
没有任何规矩
这些我也不觉得恐惧
唯一让我害怕的是
那些地方没有乌黑的瞳仁
看得我心慌意乱
也没有倚着门壁
唤我回家吃饭的奶奶

江　湖

有人就有江湖

江湖不止刀光剑影

不止宗派林立

江湖更在乎广阔

在乎深浅之间

在乎胸怀

人即江湖

有的江湖云卷云舒

有的剑走偏锋

江湖演绎大义和大爱

演绎智慧

有时一把宝剑

并不比一支笔更快

有时一座城池

不过是三杯酒下肚

江湖的事情要在江湖相忘

有时家国情怀

只须马背上拱手一揖

叫一声

大哥

酒局风云

喝酒不只是倒进嘴里那么简单
也不只是有酒量不怕喝酒
很多时候以酒量来征服的酒局
结果一定是自以为好酒量的人
烂醉如泥落下笑柄

酒桌上不能露出锋芒
这是酒局应有的规则和套路
入局之前要了解局势
包括宾客结构身份地位
包括熟客生客性格习惯
包括酒量，当然酒量最不靠谱
有的人明明酒量不大，却能
大战三十回合。有的人明明酒量大
却有时以一万个借口挂出免战牌
有的时候，喝的是环境
气氛好人对路，全身细胞兴奋
酒量大开。有的时候喝心情
人逢喜事千杯不醉。酒量只是基础
一局下来，被人点赞的
是酒后不语、酒后方显真德
是喝得很稳、老少无欺
是散席时站得住、能送客

好酒量不仅仅是指有酒量

还需有酒胆，还得有江湖道义

还要有诗书文章和花边八卦

我常常迷醉于酒局

也常常迷离于酒局

感叹一桌酒也是

深不可测的风云

好男要当兵

部队走到哪里

哪里就有

父送子当兵

妻送夫当兵

他们是铁锁、狗蛋

他们是大牛、富贵

他们光着脚丫子

拿起武器

站到了

队伍的行列

他们还不知道什么是

硝烟弥漫

但他们知道

出生入死

好男要当兵

当兵要当好兵

当兵要当能长铁骨的

兵

不知道

这里的不知道

不是真不知道

而是知道

知道了不说

打死也不说

皮鞭蘸油抽打

脊背被撕成肉条

肚子被凉水灌成皮球

正负极夹紧乳头

如万箭穿心

还是"不知道"

"不知道!""不知道!!"

刽子手不懂

也是父母所生养

为何他们的骨头是铁

无惧利刃

无惧电流

无惧殒命

一定要成功

我们看电影时

难以置信

血流满面的人

就义前

都用这句话

跟战友告别

他们身上的窟窿里

正在冒烟

他们的眼睛里

正在冒火

他们的喉管

滑动着复仇的炮弹

我们一定要成功

这不是诳语

这是血肉筑下的基础

那时候

多少人背乡离井

多少人抛妻弃子

他们结伴而行

迎向呼啸的枪林弹雨

走向不归之路

支撑他们的

就是

一定要成功

灌木丛

我相信树木是可以行走的
他们总是要按类聚合
森林里，那些阔叶类
落叶类、红叶类，走到一起
桉树走到一起，针叶类树木
满身疤痕，走到一起
他们成群结队，默默挺立
倾听阳光，沐浴暴雨
树木是有想法的
不然他们为何要向阳而生
当然，有的背阴之地
也有树木
那些弱小的、小胳膊细腿之树
被称之为"丛"
虽然沐浴不到早晨的蓬勃
但每天也能被落日点燃
虽然不能顶天立地
倒也一蓬蓬怒放着苍翠
他们相信自己的快乐
他们歌唱尘埃
歌唱迎春花，歌唱蓝天和四季
歌唱脚下的石头和小草

他们珍惜每一片叶子，每一根枝丫
以及形影不离的蝴蝶和蜜蜂
他们珍藏每一滴露水
这是他们滋养灵感的甘霖

腊　肉

暖阳一口一口舔着

一块孤单的裸晒的腌肉

油脂明显变薄，五花

逐渐失色，一寸厚的肥膘

开始干燥，经过光合作用

经过盐和花椒的作用

由腥转香

不知道这是哪口猪的肉

其他的部位散布在哪里

是不是跟现在这块一样

挂在钩子上沐浴着腊月

在这懒洋洋的天气

这刀肉

有点想打瞌睡的感觉

有点沉闷和难受的感觉

有点想去田野撒欢的感觉

虎门炮台（组诗）

炮　台

空气渐渐凝固

惊涛拍岸

海鸥屁滚尿流

噪音逼散鱼群

我凭栏眺望

寻找最佳的角度

十指相扣阵，引敌深入

三重防守，互为犄角

我手握四百门大炮

缝制铁口袋，等待

十八艘铁骸，两千具尸骨

旌旗猎猎，胸有成竹

我不怪哑弹、空包弹

亦不质疑岩石的硬度

血肉横飞的时刻，说好

生死与共的炮台连环

瞬间崩溃、瓦解

一如狂风中的残枝败叶

我想抓住其中一枚

悲问一声为何如此

克虏伯大炮

克虏伯大炮的心情
已经锈迹斑斑
这个国际玩笑开大了
从德国到清廷
没有吓唬住侵略者
倒让国人提心吊胆一百多年
日耳曼人的手艺不乏笨拙
炮膛内的螺纹深刻而野蛮
一百二十毫米口径虎视眈眈
三百六十度无死角射击
覆盖方圆十公里
大英舰队也曾发生短暂的迟疑
它的旗舰试探性前进一步
再前进一步
发现并没有致命的阻击
相反，所有炮台顺利进入
十八艘舰船四百门火炮的射程
作为神一般的武器
我相信克虏伯充满屈辱
分崩离析的那一刻
这台能转圈的大炮

想跳海自尽的心都有

节　马

肌肉硬得发痛

铁蹄踏入石头

它注视着仗剑的人

像一支满弓的箭

随时准备怒射而出

惊涛敲打两岸

尽管不谙水性

但抱定飞跃大海的信念

七十四名勇士已魂断南沙

泪染铠甲的仗剑人

已被高帽子军团包围

它嘶鸣，一次次高举前蹄

目眦迸溅两行热血

中国的战马不是畜生

直到最终绝食饿死

侵略者不懂

他们真的不懂

永远也不会懂

销烟池

已经闻不到烟味了
时隔一个半世纪
从林荫中漏出来的阳光
装扮成一个飘逸的人影
黑色官服，花翎顶戴
一尺胡须
三尺宝剑，满脸悲愤
一块块烟膏投入池中
一锭锭黄金
于是也化成了黑雾
他操着福建口音怒骂
言辞犀利如箭
恨不得把这些灭族的图谋
杀个片甲不留
我想安慰两句却一时语塞
在大暑之日的下午
一阵寒战穿透我的骨髓
如今一切都翻篇了
我心里仍然泛起一团
干净明媚的敬意

农历七月

停止一切喜庆
奶奶给我穿上白衬衣
黑裤子，从初一开始
每天都要接我放学
她紧紧地拉着我的手
直到跨进家门
她怕我被游魂拐走了
村子民风淳厚，一到七月
气氛凝重，不拘言笑的人
更像一幅雕刻，表情
阴郁、执拗、单纯
初二鬼门开，太阳未落土
家家已关门闭户，翌日
堂客们小声讲述，昨晚
自家祖宗如何翻箱倒柜，查看
后代们的日子
初四，购买黄裱纸，借阴间印章
包袱子写袱子，按顺序排列
我对曾祖、高祖、太祖的了解
就始于写包袱
十四烧包袱，能提前一天的姓氏
非富即贵，是古时皇上授予了特权

自家先人，可以躲开十五的拥堵
奶奶以干草垫底，烈火熊熊
纸钱像从火堆腾飞的乌鸦
向空中四射，长揖、跪拜、磕头
一丝慰藉
慢慢挤满空旷的心田

立秋帖

八月，天空
像一条淡蓝的裙子
决意飘得更远
满大街的高楼
开始消瘦
很多想法一下子
焦虑起来
减肥的女孩
没有力气去街上
买一杯奶茶
会议通知改了又改
喜欢周末开会的老板
终于把时间定在了
周五，八月
已是半年又过了两月
我实在是不敢
赞叹光阴似箭
想着暮秋，想着
三季度末的任务
冬天没到
我就直接跌进
冰窟窿

河边即景

沿着河边奔跑的人
现在开始缓慢行走
奔跑的时候挥汗如雨
行走的时候挥汗如雨
数码手表显示
心率113
记得奔跑时的心率130
心脏咚咚咚咚
里面住了一个鼓手

沿着河边奔跑的人
现在开始缓慢行走
顺着河沿一圈跑下来
时间54分23秒，里程5千米
顺着河沿一圈走下来
时间104分23秒，里程5千米
风光依旧
岸边垂钓的还是那几副老面孔
他们注视着水面的动静
并不管头顶停栖了几缕白发

蟑　螂

蟑螂是很脏的虫子
大家都知道
蟑螂携带很多病菌
大家都知道
蟑螂是比人类更早的生物
大家都知道
蟑螂有一个别名叫偷油婆
大家都知道

大家讨厌蟑螂
蟑螂知道
所以蟑螂也害怕
只要有人的地方
蟑螂就尽量躲起来
它们学会了
昼伏夜出

人类悲悯
但会用各种酷刑
让蟑螂惨死

假　好

一个人
对另外一个人的好
是装不出来的
假的必定装腔作势
终究会被发现
无论言语多么甜美
假的就是假的
凡是蜜语之处
必然躲着一把尖刀
称兄弟未必能背靠背
热烈拥抱也能让人窒息
假好的好
只好得了一时
不像真好
会好一辈子

布　偶

几乎所有的小女孩都喜欢布偶
喜欢抱着度过漫漫长夜
有的抱着狗，有的抱着长颈鹿
有的抱着棕熊，我的小外孙女
一岁多时就喜欢抱着一只兔子
每晚睡觉前首先就要找到这只兔子
然后才肯溜进被窝

这一点和男孩不同
男孩非要抱着布偶才肯睡觉的少
女孩必须抱着自己喜欢的布偶
外国小女孩也是，古代小女孩也一样
有一次外孙女的小兔子不见了
哭闹着直到找回，虽然我们被迫做了
不少许诺，但丝毫没有让她改变主意

我仔细观察外孙女的兔子
由于多次清洗，毛色已无光泽
也不柔软，填充物已经不均匀
已找不到蛛丝马迹的可爱
我尝试更换一个栩栩如生的小兔子
小外孙女根本不买账

直到今年她五岁多了还是抱着那只

我注意到大姑娘也喜欢抱着布偶睡觉
有的结了婚仍然还要抱着布偶
不管身边是否睡着大活人

松树是讲原则的植物

对松树的尊敬
从恐惧开始
它们的合唱，场面庞大
但，曲调单一
像某种低智商动物的低吼
夜行人，脊背发冷

松树是群居植物
如果仔细听
它们的唱功深厚
整齐、舒缓、悠扬、暗含格调
醒着的夜晚，不止我一人
趁着月色钻进树林

松树是讲原则的
它们虽然举着毛笔
但，对我们笨拙的动作
却从不写半句评语

几滴水珠也可以流出泪

流不出泪的时候
水也可以打湿情绪
从不爱哭的人
想使用苦肉计
达到引诱的目的
眼泪是最合适的子弹
可以成为摧毁拒绝的
借口，或许是
男儿有泪不轻弹的古训
浸入骨髓
努力半天没流出一滴
据说收到信后
她立刻改变了主意
把自行车骑成了闪电
后来，成为狗血传说的剧情
我在信笺上写了一首诗
然后洒了几滴水
然后装进信封，结果
她抱紧我叹了一口气，说
以后不许再哭

对　视

视线是躲在眼睛里的手
心动时的对视
就能产生感应
四只手探了出来
从探寻、表达
到举杯、牵手
就这么，开始了
不安静

有好感
就会忍不住去看
对视时间的长短
可以测量爱的深度
一生能和几个人对视
我数了很久
发现仅有一人
至今我们已经对视
超过三十年

拉　链

乌云是阳光的拉链
小鸟是树林的拉链
帆船是大海的拉链
母亲
我是你眺望的拉链

犁铧是大地的拉链
蜜蜂是花朵的拉链
流星是生命的拉链
母亲
我是你惦念的拉链

曙光是黎明的拉链
春风是寒冷的拉链
秒针是岁月的拉链
母亲
你是我归途的拉链

夜半时分

怎样的歌喉才算动听
我的嗓音沙哑
不如画眉婉转
我晚上喝多了酒
想唱的歌里有酒气
鸟的个子小
必须通过某种特征形成识别
而鸣唱是最好的方式
可以表达凄厉、婉约
传递恐惧、警告、爱慕
而我不同，块头大，醒目
站着坐着都像一座小宇宙
我的声音粗糙、厚重
但不如鸟儿清脆、穿透力远
造物主有无穷智慧
却遗漏了我的唱腔
不要逼我了
不如我们就这样看着吧
在手机屏幕的两面
看你扎成马尾的头发忽左忽右
看你噘起的嘴巴
这夜半时分，在隔离区
一股诗意柔软地升起

惊鸿一瞥的初恋

现在想起来
我肯定被奶奶逗坏了
她老问我哪个女孩漂亮、喜不喜欢
她还说，莫怕，奶奶去说媒
那时我小学二年级
是一张白纸，我坚持不说
在奶奶的再三恐吓下
我说了一个名字
然后紧张得小腿抽筋
那时的夜晚又黑又长啊
终于熬到天亮
奶奶真的要往同学家走
我狂奔上前死命地拦住她
从此我再也不敢看那女孩了
从此我更不敢跟她借橡皮了
没想到新学期分桌
我们居然被安排到一起
后来我害怕上学了
插在墙缝上的刺条
真正发挥了作用，奶奶挥舞着它
在我屁股上留下十多个血孔
不久，女同学转学了

跟她爸爸去了云南
这事跟我却没有关系

爱上茅台镇几个关键词（组诗节选）

酒　虫

喜欢清晨和黄昏

喜欢露水和余晖

像一只蚊子

没有嗡嗡叫

没有嗜血的兴趣

喜欢亲近人的肌肤

有点痒有点嗲

有点老实巴交

趴着不动，像一颗

会飞的黑痣

从曲药里逃出来

避免了高温蒸馏

从黑暗中诞生

对光明更敏感

在赤水河两岸

酒虫

满怀一个旷世秘密

与昙花同命

却不同凡响

红缨子糯高粱

贵州省东北部
添列云贵高原
山高路远，重重屏障
公路在大山的指缝间行走
世代居住在半山腰的人
在向阳的山坡开挖梯田
以麻羊和黄牛的粪便为肥料
种植高粱

巴掌大的地，十块加起来
也不足一亩，高粱瘦小
腰杆子却硬扎
跟树木争抢阳光和露水
山民在地里劳作
从人遮高粱到高粱遮人
历时需要六个月或更久

麻菇土壤喂养的高粱
坚韧不拔
布满血丝的叶子
粒小而坚硬的果实
色泽整齐，老成持重

只有这种内涵与沉稳
才配做酿造酱酒的原料

踩　曲

以小麦制成的曲药
能通人性，所以只能
用手工搅拌、和泥、填匣
再用脚踩，踩出规律
踩出节奏。然后用皮带机
输送到干燥的库房

踩曲是个技术活
脚和心情一样重要
双脚整洁、匀称、小巧
心情平和、善良、愉快
还关系到体态和体格
要柔美、轻盈、跳跃

曲块是酵母的温床
踩曲的人像母亲
满怀孕育生命的崇高
从脚底传递体温、生存技巧
旧麦和新麦相互赋能
在每年的端午时节

两岸的欢声笑语此起彼伏

大盘勾

这里的酒一样也要勾调
这里人把调酒叫盘勾
勾出质量和欲望
准确把握甜酸苦咸鲜
勾成浅酸轻辣、先苦后甜
53度的液体
要入口即化，到这个水平
师傅们都要大费周章

要有更高的酒龄
要有三种以上典型酒体
要一周不抽烟不吃辣
不碰女人
看酒花一百次
闻香、品评一百次
要喝醉，用身体来体会
不口干、不头痛、醒酒快

大盘勾的手艺传男不传女
从古时流传至今
必须通过眼观、口品

精密的仪器取代不了
两指轻轻摩挲的细腻丝滑
就能对酒质做出评判
波纹曲线始终不如人精准

脸庞方正的老师傅笑曰
除非色谱仪哪一天学会喝酒

老酒匠

顶着露水生炉
点燃云贵高原的硬杂木
呼呼的火苗升起内心的虹
清新的酱香被水蒸气泄密
引诱着赤水河畔的三更秘密
一根小竹筒裹着白纱布
滤着点点滴滴原浆
汇聚五十年精华

隔着火光，他注视着
那个毛手毛脚的自己
那时刚拜师，被第一碗酒喝哭了
师傅用烟袋敲打着土哲学
这是人生的味道
也是你未来一辈子的命

现在想来，一辈子造酒
遵循二十四节令
端午踩曲，重阳下沙
一百吨，一千吨
越来越多的酒荡然无存
唯一剩下的陈酿
就是年届七十的自己

今天的火要烧得更旺些
今天还要喝一碗热酒
第四个轮次，酒体纯净
今天的酒是下一个轮次的标准
今年的酒是下一年的标准
年复一年，观色、闻香、品味
徒弟们耳熟能详。而自己
天亮就会被锣鼓声送走
新酒还很烫手，抿一口
再抿一口，两串热泪
滴在搪瓷口杯里助推波澜

人在东莞（组诗节选）

在冬天写秋天的诗

在冬天写秋天的诗
听着江水一边泛着泪光
一边日渐消瘦
那时候夕阳还有温度
一群土著鸟儿用脚爪
在余晖上抓起一根根金线
缠到用稻草和枯枝
纠结的小窝里
回望秋天
东江在迅速宽阔
江水像一件年少的肚兜
已经无法裹住秘密
一群鱼困在一角水凼里
商量如何突围
有人在斑秃的江滩上
长时间举着一块鹅卵石
寻找来龙去脉
他纷乱的两鬓藏着雪
我经常在东江边徜徉

对这个陌生之地渐生好感

我是不会说粤语的外地人

我担心那几条鱼

万一上岸

能否听懂这些还流淌着

荔枝蜜菠萝蜜的

方言

绿色之城

在天上俯瞰

东一块西一块

这些绿色的蜻蜓

手挽着手

在城市边缘块块相连

我穿行其中

扑面而来的绿

不只在松山湖

不只在大岭山

还有水濂山和黄旗山

森林叠嶂

观音山静谧慈祥

东江是一条从海里爬上来的鳗鱼

一路曲行

干净明亮

现在的山水

回到了应有的本色

蓝天碧洗，空气中

充满了人间烟火

三江六岸

早已成为网红的打卡地

城市已经成熟

早到的北风

在大街小巷扬不起风尘

福城已经回来

哪怕"打台风"时节

岭南水乡

还是高枕无忧

都市种田人

蓝天掉下一块

稳稳落在茂根伯的水田里

现在面前是一方巨大的镜子

秋高气爽

白云成群嬉戏

像赶不散的羊群

茂根伯挥舞着长鞭

它们东躲西藏

这些玻璃一格一格

方方正正

镶嵌在笔直的田埂之间

挥汗如雨的茂根伯

并不是在种稻菽

这也是他内心的痛

这么好这么肥的靓田

养鱼虾、黄鳝和泥鳅

明显不务正业

虽然已经是拿工资的人

却从来没有改变

看到田就想起粮食

想起金灿灿的千重浪

想起母亲临终前拉着他的手

用尽最后一口气说

儿子，要想不饿肚子

就要抓住田地不放啊

如今垂钓的人多

抓鱼摸虾的人多

庄稼从田园里

退居二线

我还是喜欢低矮的地方

住得再高

也不能飞翔

高耸的大楼

俯身去看

像插在地上的竹竿

人是枝丫间的一粒浮尘

就算风和日丽

挂在心中的十五只吊桶

飘零得像一串风铃

一旦老天爷情绪不好

摇晃，跌宕

抓住什么都于事无补

我还是喜欢低矮的地方

从容不迫，脚踏实地

可以种个花草

养几只小猫小狗

可以放心打盹

不顾安危

骑电驴的人

T恤不一定要新的

穿了三年也可以

水洗短裤本来看不出新旧

听发动机的音律

能辨别电驴老迈的年龄

当然不能比骑行的人更老

这些六七十岁的人
他们从来只认为自己
比实际年龄小得多

对电驴的喜爱程度
胜过车库里的豪车
"那个是用来装面子
还没有电驴自由自在"
夏天的傍晚
在东江边风驰电掣
后面的长发飘飘者
从来都是他老伴

这些人不论身价
因为无身价可论
他们有的富甲一方
少说也有成片房产商业
包租公包租婆
是他们最基本的身份

驮着他们的电驴
掩盖不住富有的金光

轰的一声，银杏树拉响了金黄的礼炮

树木有自己的灵性
年幼时腼腆，弱不禁风
及至冠盖群林
该开花时开花
该结果时结果
银杏树到这一天
要经历二十年

这么漫长的过程
等待，比其他植物痛
一旦挂果
每一粒都很金贵
虽然洁白、软糯
却满含甘苦

还要献出
阳光的血
想象中
某个冬夜
"轰"的一声
一枚礼炮拉响
满地流金

像土里升起一座金顶

所见之人

自然地滑过跪拜的念头

都是感冒引起的

没错，那些嘀咕

就是鸟叫

婉约已经变成呻吟

清脆被冻结

一把钝锯在划割声带

昨晚小便五次

补水五次

流量都很大

做了五个片段的梦

主题凌乱不堪

怀疑有低烧

十二片蒲地蓝并没有

为扁桃体的肿胀解围

现在左侧板牙

也要疼痛

像有履带碾压

今日大雪

之后就是数九天

一九，二九，三九

要过九九八十一天

才是春

我不是怕冷的人

但近来总是出行不得
东不能去
西不能去
内心塞满这冬日阳光
斑驳、灰暗
就想大病一场

想我奔六了
还在异地他乡奔命
以为自己还是初生牛犊
以为不需要问候
一声也不要
眼睛里的模糊
都是感冒引起的

跳

有人从三万多米高空往下跳
有人从峭壁悬崖往下跳
有人从屋顶往下跳

从高空跳下的人身背降落伞
从陡峭跳下的人身背翼装
从屋顶跳下的人身怀绝望

高兴时写不出诗

高兴的时候

所有的快乐

就像竹筒倒豆子

哗啦啦

全世界都听到了

高兴的时候写不出诗

因为高兴的结果都是一样

阳光、花朵、香槟

展现的意境也是一样

我尝试高兴时写诗

写到词穷

写到寂寞

许多诗人的大作

也没有眉飞色舞

却让人感怀

《我爱这土地》（艾青作品）

读一遍流泪一遍

《神女峰》（舒婷作品）

读一遍想哭一遍

是不是读诗是悲伤的

是不是诗歌本身就不是一个

传播快乐的文本

偈　语

天快亮的时候

终于钓起一条大鱼

没见过这种鱼

红尾巴

两根长胡须

两颊显金色

也不挣扎

一副随你便的态度

他觉得这条鱼很高傲

可能是鱼类的贵族

放了吧

他对这个想法有点懊恼

整整一夜

抽了两包烟

熬红了左侧眼球

放了吗

鱼并不着急

不弹也不跳

他打了一个寒噤

快步把鱼放进水里

鱼不紧不慢游向江心

他叹了口气，跟自己说

就当一次艳遇吧

这么漂亮的鱼

菩提树丢下一片叶子

落在空空的鱼桶里

这是一句

解不开的偈语

一醉方休

因为太一本正经

所以需要一点不正经

所以需要一杯酒

喝了酒就有了理由

正经也好不正经也好

真话也好假话也好

别人都会说你喝了酒

然后宽容你

酒当了挡箭牌

一醉方休就是好

无所顾忌，无所谓

一切都无所谓

想大笑就大笑

想大哭就大哭

反正无所谓

想说什么就说吧

想在哪睡就睡吧

流出一尺长的哈喇子

像婴儿那样

没人会怪你

但会当个笑话

"瞧他那不正经的样子"

下　辑

梦

有时候

做一个好梦不想醒来

就算是醒了，仍然想回到梦里

好梦包括意外和惊喜

我擅长做美梦，我能飞翔

双臂一展就能掠过小翠家房顶

就能看到她把红苔切成小块

再用乱刀剁得更小

晒干了就是苔米

梦里的我不能停下来

一有停止的意思就醒了

醒了我也不愿意睁开眼睛

我想着背上的蓝色星空

想着月光下的小翠

想着她无力地看着我的样子

可是醒了就是醒了

一声猫叫就揭露了梦境

有时大白天我也做梦

但很累，也不快活

关键是看不到小翠

她每天都要去割猪草

得不到她的定位

虚　空

虚空是红肿的眼神

是一尊黑色石头

是一尾游上岸的鱼

现在眼底干了，石头哑了

死鱼正在发臭

跌落呈螺旋状，深不可测

我拼命制动，火花四溅

我披着数九的寒流奔跑

一遍一遍用冰块沐浴

无眠，数星星、画羊

都无济于事

或许需要一场温暖的大雪

一如披着雪花走来的母亲

从两鬓到头顶到齐肩的末梢

一寸一寸花白，一根一根花白

平静，从容，淡然

人过五十，一叶而知秋

有些害怕是必然

有些担忧也是必然

人世间

虚虚实实

本该如此

冬日残句

乌鸦在夜空划过

一道黑影

雀梅脱下最后一片叶子

展示骨感

孕育了一周的阴云

降下第一片雪

柿子树枝影婆娑

怀揣的几盏灯笼

跌落于尘埃

池塘里的藕禾

被下弦月割断了腰身

海棠争先恐后吐蕊

以血红描绘洁白

坐在江边读书的人

把书夹到腋下

她哈着双手

像抓了冰块

一只刚才还起舞的灰蝴蝶

现在抓住一根柳条

不知所措

开　春

飞鸟拉开天幕

黎明漫过黑夜

屋檐高悬冰凌

星星惊醒

田园哈出热气

群峰抖落肩上的冬霾

昂起头颅

松鼠中断了冬眠

从树洞里探出眼神

油菜站稳脚跟

准备描绘三月画卷

麦苗像一群儿童

把叶尖上的一枚露珠

顶出了足球味儿

河流规划新的行程

在南方做事的二哥

悄悄收拾衣物

他身负使命

二嫂今年要盖一栋小洋楼

喊　鱼

冬天的大冶湖会结冰

结那种很薄的脆冰

胶鞋走在上面咯吱咯吱

会划出很多黑小口

光脚走在上面咯吱咯吱

会划出很多红小口

船到湖心像进入仙境

除了自己掉在水中的倒影

没有神仙和蜃楼

湖中水草茂盛鱼美虾肥

捕捞根本不要工具

大喊几声

鱼儿自己会飞进舱

瘦弱的母亲经常光脚下湖

她的鼻尖冻得通红

她的背影看上去更瘦小

在氤氲缭绕的湖面

她用力晃动渔船

以双手做喇叭

把青鲩鱼桂花鱼大头鱼

红尾鱼鳊鱼大白鲢

喊到船上

大　寒

恪守传统的人

给祖先安置墓碑

"一定要等到这一天"

"一定要选择大青石"

墓碑很沉重

小型组合四五百斤

大型的差不多一两吨

关键还是山路

狭窄、泥泞

要把帮忙的人请好

不能女婿外甥

只能儿子侄子孙子

否则肥水外流

供品要丰盛

要准备很多鞭炮

要请阴阳先生看好风水

坐北朝南、左青龙右白虎

先生捏着红包的厚薄

认真思忖方位

我母亲走时再三叮嘱

要把字刻深一点

给先生的红包要厚一点

冬　至

今年冬至
没打算写诗
去年冬至
一个人吃饺子
数一个吃一个
数着数着想哭
一家几口
这里两个
那里两个
通过视频吃饺子
虽有欢笑
但都笑不起来
今年冬至
六个人吃饺子
虽是同事
倒也没了冷落
大家还喝了酒
我多喝了几杯
现场还一展歌喉
视频那头
外孙女献了一个舞蹈
说是寒假参赛作品

我拼命鼓掌
第二天醒来
眼睛红肿
双手红肿

钥 匙

钥匙不会单身

每把钥匙都有

自己的一把锁

钥匙是公锁是母

公母形影不离

单身的人

对钥匙心怀羡慕

爱听开锁的声音

也是必然

吧嗒一声

电光石火

缤纷了泪花

我那结发老婆誓言

我这把钥匙

这辈子必须归她

不能抛锚

不能差毫厘

爷爷的年关（组诗节选）

办年货

年关是能尖叫的老北风

围着爷爷疯跑

爷爷穿着厚棉裤

脚踝扎着两根麻绳

深一脚浅一脚

在白茫茫的雪中移动自己

目标是五里外的屠宰铺

他要去割肉

爷爷戴了那顶蓝布帽

很破旧了

帽檐软塌塌的

像生病的公鸡冠

他的领口泄露出一些热气

一只挨冻的乌鸦总想降落到

他的头上

明天就要过小年

爷爷手中捏着十块钱

三斤肉票和一丈布票

他的褡裢里等着两个瓶子

一个装酒一个装酱油

这些东西十块钱已经足够

路过王跛子屋门口

爷爷喊王师傅

约他明天上家里做衣服

爷爷相中了一块蓝色碎花洋布

他要给奶奶做件新衣服

爷爷想着奶奶白皙的脖子

好看的身段

不由得加快了脚步

荷叶灯

磨砂玻璃灯罩

上面印着荷叶荷花

据说是祖上所传

挂在大梁上

是堂屋的主灯

只有除夕夜

才能灌满煤油点亮

爷爷健在时

每年大年三十下午

必须由他亲手取下

把灯罩擦干净

把灯捻换新

做这些活时

爷爷谨小慎微

边干还边给我讲讲

过年的规矩

爷爷病倒在床那年

灯罩自己碎裂成两半

爷爷呆了一会

把灯座挂了上去

那年新春

爷爷言语很少

爷爷走了

身高一米八几的爷爷

这回真的病倒了

他反复念叨的一句话是

我从来不发病的

可病来如山倒

就送到了公社卫生院

天天打吊针

越打越消瘦

脸上的肉说没就没了

眼睛深陷

医生叫我父亲把人抬回去

说有好吃的就给他吃吧

顶多也就开春后的事了

老家多鱼

父亲每次下湖都要带回

一海碗鱼汤

爷爷的面色慢慢不那么蜡黄

腊月二十五

队里允许各家做半天私活

父亲把爷爷扶上船

面对偌大的湖面

爷爷干喊了几声

几只白鹭在水面划出

几道急速的浪痕

他指挥着父亲下网

果然收获不少

这个春节比往年热闹

贴了春联年画

父亲请人给爷爷刮了胡子

年初一还用千响鞭开门

二月二龙抬头

爷爷走了

春 雷

有一年，春雷
打落了一场大雪
纷纷扬扬的雪花
从南往北，覆盖
准备伸懒腰的原野
正月十九，雨水节气
大雪还是没有离席
在子夜，雪一片一片
落在我冰凉的心头
到底要有多少失眠
才能唤醒春风
下一场春雨也好
那些要返青的柳枝
那些要苏醒的动物
以及奶奶为我准备的
海军衫、白的确良衬衣
它们渴望
春天的气息

错把他江认故江

我沿着一条陌生的江走着

走着走着

就熟悉起来

走着走着，我以为前面一定有江豚跳跃

走着走着，我以为一定有人喊我乳名

走着走着，前面一定就是海观山

再前面，一定能望断西塞山

走着走着，堤坡处有一片紫色小花

你的红花鞋踩到了泥巴里

你快要哭了

白嫩的脸急红了

就像那些交头接耳的荞麦

在三月的春风里

不知所措

回望小时候的大雪纷飞

置身岭南十五摄氏度的宜爽

却想着大雪纷飞

想着满山遍野的白

想着从深雪中拔出双脚

一队小洞穴歪歪斜斜

护送我上学

想着校门口两棵海棠树

想着她俩把自己装扮成雪人

想着她俩强忍住笑

甩出几枝红艳

泄露着躲藏不住的秘密

想着跛脚语文老师

胡子眉毛上都停着雪

进门就喊打开课本第二十六页

想着中午奶奶肯定要给我送饭

碗里肯定有一块腊肉

想到此刻

我的心情暖和起来

橘子丰收了

满山的树都在哭

它们的腰压痛了

老北风一遍遍发出警告

要下雪了要下雪了

这果实累累的山野

在隆冬乱作一团

所有的树都想冲上街市

可是它们找不到买主

橘子是好品种

皮薄肉厚酸甜正好

可是种得太多了

家家户户都有

十里八村都有

到处都是橘子

除了橘子还是橘子

线上卖橘子

线下卖橘子

橘子越卖越多

种橘人卖一百斤橘子

不够他开小四轮

进城的油钱

父亲一直在俯视

天空是父亲眼睛

注视着我的

一举一动

我总觉得

敬畏心始终伴随

前后左右

无论说话、做事

我总是如履薄冰

总是要摸着良知

尽量不差毫厘

尽善尽美

我经常仰望星空

在浩渺里寻找动词

在云潮中觉察隐喻

我是长不大的孩子

终生被父亲注视

信　条

年龄越大

做事越小心翼翼

害怕脱口而出

害怕撸起袖子就真干

瞻前顾后

是否也是谋定的过程

给自己写了

遇事冷静五分钟的铭文

提醒要慢表态

而对于过往所为

如今也有了不同答案

比如固执己见的

以能力至上的

先做事后做人的信条

现在觉得还是要

先做人后做事

不会做人

就算会开飞机

也只能去开拖拉机

这也是父亲

临终前的训示

菩提树

小时候做错了事情
都要去菩提树下罚站
奶奶说
要把你这个犟脑壳化开
奶奶还说
怎么一岁一岁长大
还不懂得变通
跟你爷爷一样
是一条不知回头的水牯牛
我喜欢站在菩提树下
树叶茂密
遮挡住七月流火
充满清凉和慈爱
低垂的枝丫伸出叶掌
抚摸我的郁郁寡欢
几十年过去了
奶奶也去了几十年
我却养成了一个习惯
每凡心堵了
就会自动走到菩提树下

鸟　儿

鸟儿对四季的变化

比人类更灵敏

春分那天

我发现它们的声音

蕴含明亮和清脆

像脱了棉袄的小外孙

勾起我对春风和雨丝的

盼望。鸟儿是神奇的群体

它们肯定有属于自己的

族群，有自己的生息目标

它们歌唱、筑巢、恋爱、繁衍

乐此不疲

所有的过程并不比人少

它们遵守日出而作日落而息的

规律，与人类厮守终生

我相信，与人类相比

它们肯定不会撒谎

至少我没看到

人过五十

过了五十岁
步入人生下半场
发现自己有两个明显的变化
过去习惯于黎明入睡
现在却喜欢在此时醒来
一日之计在于晨
而在较早时段的黎明
天空被远方的太阳受孕
地平线渐渐发热膨胀
新的一天即刻分娩
婴儿的啼哭
冰层开裂和花苞吐放
这些声音充满神秘暗示
一切美好皆诞生于晨曦
白露、霜降、春分
以及生命播种
五十是个门槛
一动一静之间
大局已定
无须辩解

早　茶

昨天收到新茶

芽头瘦短

不尽其然

泡出一杯

呆滞、沉闷、涩口

没有初春的雀跃

没有如针立起

"这是早茶啵

才刚刚醒眼

到清明谷雨

就站得住咯"

今天农历二月初十

还没过春分

离清明还有 22 天

离谷雨还有 37 天

我听到峨眉山

在开水中翻了个滚

一声叹息

沉入杯底

这瓢泼大雨从唐朝落到今天

这些要绽放的
麦地和古村落
这些包裹不住的芳菲
树龄久远
来自唐朝
三月，原野等待多时
燕子换上新礼服
薄雪从树叶上逃逸
惊蛰之日，冬眠的土拨鼠
伸了一个干瘪的懒腰
雨丝大声喧哗
画出一个干净明亮的春分
我确信，古时今日
雨水比今天还大
彼时，洛阳柳枝晚发
阎德隐弹唱三月歌
评判季节来迟
我也在静观这厚重的雨幕
春天的气息
确实有些咄咄逼人

黄花风铃

三月，心照不宣的邀约
矢车菊、蒲公英、灯芯草
把青涩的花蕊插到头上
栀子花绽开洁白无暇
穿刺裙的牡丹孕育天香
在百花园，她是钦点的主角
一夜之间
谁颠覆了满城春色
这绵延的怒放
像一只饱蘸阳光的画笔
沿着宽阔的马路
左一笔右一笔挥向天际
这蓬勃的欢欣让我陶醉
黄花风铃，我为你倾倒
我想和你恋爱
热烈地，无所顾忌地
一如你爱南国的春天
坦白、干净、彻底

扫树叶

凌晨四点半
她扫树叶
上午八点
她扫树叶
中午十二点
她扫树叶
下午五点
她扫树叶
晚上九点
她扫树叶
下雨天
她扫树叶
落雪天
她扫树叶
一年四季
她扫树叶
活着
她扫树叶
死后
她扫树叶

我爷爷的湖

大冶湖的浪花

长着一排排细密的牙齿

轻轻咬着渔船

咬着石头砌成的护坡

咬着水草婀娜的腰身

咬着湖面油亮的金光

咬着打鱼人期待的眼神

大冶湖的波浪会叫唤

有时叫声像婴儿

爬着船舷呀呀诉述

有时像一群路遇不平的侠客

大喝一声拍起惊涛

有时露出高深的笑靥

那些涟漪、漩涡

显示着平静和神秘的力量

大冶湖是我爷爷

爷爷的爷爷的命根子

他们以湖为生传宗接代

他们以湖为镜

窥探岁月的真谛

我是他们喂养在大冶湖的

一尾鱼

一辈子也不曾离开

任何时候我只要想到大冶湖

内心就会满是泪水

这是浪花在轻轻咬噬我的乡愁

暂停键（组诗节选）

暗藏生机

按下暂停键后

院子静谧下来

月亮优哉游哉

跟星星玩捉迷藏

一会儿月亮躲进云里

一会儿星星躲进云里

谁也抓不着谁

菜园里的蔬菜野蛮生长

该挂藤的挂藤

该打苞的打苞

南瓜花遇到喜事

此刻还没收拢嘴

小茄子犟成猪肝色

因为被蝴蝶戏耍

铁丝网那边的家禽

一会儿飞过来啄菜

一会儿飞过来啄葱

家禽们已毫无节制地恋爱

无所顾忌地下蛋

青壳蛋白壳蛋黄壳蛋
暗藏生机

暗　夜

不需要时光
只要一道护栏
几只水马
一根红黄相间的飘带
这边的天就阴了
虽然不是生死两隔
心中的未知数
越来越重

几只转街大喇叭
挥舞的双手
关门闭户的高楼
严防的不是一只蝴蝶
而是要放大一千倍
才能看见的细菌
它的宜居地是人体

不能接触
不能群聚
为了明天的好时光

储蓄足够的能量

有温度的谢谢

因为还没有限制
送外卖
因为没有限制
餐馆酒楼接单
骑手小哥的活
一下子多起来
他们就像一只只蜜蜂
担负起城市的活力
他们的工作
比过去更复杂
不少顺道直路
被限行
他们送达一单
有时要走很多弯路
这次他们收获的谢谢
是带有温度的
他们回的不用谢
也是热乎乎的
虽然很累
但乐此不疲

猎鼠记

老明一夜没睡

他抓捕到十多只老鼠

天亮时还精神抖擞

蹲守在一个下水道口

真多，密密麻麻

不知道从哪里来的

像一群小鸡旁若无人

老明鼻尖滴着汗珠

他边说边用手电

往里面照

我等会儿想办法搞点硫磺

熏死它们

平常我们小区哪来老鼠

干干净净

是三无模范

原来一直都在看不见的地方

梦到了孩童时的星星

下半夜梦到满天繁星

我信以为真

触手可及

像多年前的禾场

空气中流露着稻谷的新香

好多人睡在竹床上

把劳累的夜晚

整整齐齐排在一起

他们守着谷堆、荷花

守着老故事和熊孩子

夜晚的天是湛蓝的

星星多得像

随意撒的几把芝麻

牛郎织女守望着七夕

吴刚天天在砍桂花树

我奶奶很替他担忧

嘀咕说这要砍到猴年马月

这些画面已过去几十年

现在眼帘多了一片花白

我知道

那是奶奶的发髻

生而为人

两个细胞
在最深处碰撞
长出骨头、血液，长出
声音、心跳、触觉，长出
视线、欲望

长出疼痛
长出人世间
长出个性和品行
长出爱恨情仇

生而为人
我们都是不听话的孩子
上蹿下跳
左冲右突
总在扮演
一条围在网里的鱼

是　非

只要会说话
就能说是非
有人说
信息大爆炸的社会
过去一年得到的消息
没有现在一小时多
耳听不一定为实
眼看不一定为真
你的嘴唇动一动
一不小心就溜出是非
因为
这是一个哑巴
也能说是非的时代

无　聊

喝茶算不算无聊

人走茶凉

喝酒算不算无聊

酒尽人散

拜访算不算无聊

满嘴好话

自己都心慌

知识算不算无聊

读书越多人越笨拙

恋爱算不算无聊

结婚是爱情的坟墓

看戏算不算无聊

为古人担忧

白白献出了水分

想这些的时候

我把一支圆珠笔

在两根手指上玩出了新花样

稗　草

有一种草
为了争取阳光
从种子时期
就开始潜伏
一起发芽
一起蹿个
一起抽穗
一起开花
还没结果
砍了脑袋
它太性急
比庄稼
高出
半个头

人 生

写下这两个字
感觉天空落到肩膀上
压力很大
突然觉得
东江流进了眼眶
许多泪要涌出来
心里长了一棵苦楝树
突然觉得
一个梦
追了五十年还在路上
不知道前面还有多远
突然觉得
爱不够
爱你的气力在缩小
越来越小

吃　土

蔬菜是在地里生长的
有些土舍不得留下
自愿陪嫁
它们躲在叶缝里
跟着下到油锅里
有些人遇到一点土
就呕的一声吐掉
而我
都会默默把土吃进肚子里

我就是爸爸妈妈

那一年爸爸去世

他十二岁

第二年妈妈去世

他十三岁

脚下两个弟弟两个妹妹

都望着他

最小的妹妹每天哭喊

要妈妈

他说我就是妈妈

三弟小声说我要爸爸

他说我就是爸爸

而今这一切

都过了几十年

最小的妹妹

都当奶奶了

而他自己

刚刚退休

纪念母亲

不只是在节日

我每天都会想念母亲

只是忙的时候想少点儿

闲的时候多想点儿

哪怕几段简单的往事

我甚至想起

母亲虚假的笑容

虚假的话语

我心知肚明

挑完十担水草回来

妈妈笑容轻松

好像一点也不劳累

湖边到田里距离八里

一担水草一百斤

去集市里卖了几颗鸡蛋

给我们带回肉包子

她说自己吃过了

比这还热还大

我对母亲的思念

要用一辈子

不知道要到某年某日

在什么地方

再看到母亲

再牵起母亲的手

乘机断想

我们是尘土

其实比尘土还卑微

当我们登上飞机

能做的事情就是

安静地等待

无论什么结果

都不由我们分说

很多时候

我们能想到太阳系、银河系

想到宇宙

但无法预知明天和后天

是生是死

是悲是喜

我们总是觉得自己的过去

很幼稚

但是到了未来再回头

还是很幼稚

甚至更幼稚

当我们都在诅咒

所有的人都是骗子时

其实我们自己

也说了不少谎言

月亮简史

我确信它与我同岁
我的诞生便是它的诞生
我的童年便是它的童年
我的少年便是它的少年
我们相伴了五十一年

它一辈子也没藏住心思
始终用三个表情
讲述自己的世界观
高兴时我叫它满月
微笑时我叫它月牙
生气时嘴角下拉
我害怕它落下来
割伤我的耳朵

再过些年我会老去
它也会跟我一起老去
最后我会归于泥土
最后它会归于什么

这一刻山河肃穆

这里盘踞着一万条江

包括倒映在天上的

现在

请鱼群按顺序退回浅底

请白鹭暂时到柳树上歇息

请阳光明媚三江六岸

请围观客像蚂蚁一样

保持秩序

请一万条龙舟进场

包括在天边等候的

九千九百九十九条

请白头发白胡子长者

戴上长犄角的龙头

穿上龙装

请江水安静下来

接受长者跪拜

龙舟跪拜　两岸跪拜

这一刻山河肃穆

屈子啊

如此算来

至今已有两千三百年

（应邀为万江龙舟节而作）

慢慢爱

有些事情需要速度
甚至比肩光速
比如一见钟情
有些则相反

一个老太太
读到感动的情节抽泣起来
身边老头揽过她的肩膀
熟练而轻轻地安抚
这个动作至今反复五十年
公园的长椅换了六任铁钉
一旁的银杏树
悄悄过了木秀于林的年龄

相濡以沫需要岁月填空
一起走过一辈子
这个注脚
没有从早到晚
从春到冬
从生到死
怎么说都是苍白

爱

从来不是一个轻松的话题

不只是片刻欢愉

一场贯穿生命的马拉松

终点站着两支蜡烛

必须同时

或者相继熄灭

慢一点是均衡

不要太热或者太冷

让点燃已久的初心

既有节律

也有回响

说　教

我说教儿子
匹夫有责
儿子说：我忙得很
我说教女儿
三从四德
女儿说：我还年轻

我说教一棵树
顶天立地
树说：风必摧之
我说教一片雪花
冰清玉洁
雪花说：我来自尘埃

我说教一只麻雀
鸿鹄之志
麻雀说：哪里有谷吃
我说教一个苹果
不要太鲜艳
苹果说：你错了
现在人都喜欢表面

落　叶

一片落叶
衔着春风发芽
跳着蝉鸣成长
在秋风中收敛
西北风呼号时
跌落于自己的躯干

可能是一片
陪衬三角梅的叶子
可能是一柄
提着蒲葵的芭蕉扇
最终都将埋于雪花
失去花容，失去岁月
自然干枯，或化成火焰
献出灰烬

我是一片夹在书里的落叶
这是我的唯一归属。以所有的
倦怠描述我，以所有的
怜悯描述我，以所有的
渊博形容我，以所有的
修养来抚摸我

这枚标本

现在想要泛绿

唤我乳名

好久没人唤我乳名了
连我自己都忘了
只是这个深秋的夜晚
下弦月磨亮刀锋
撬开记忆的缝隙
一团乱麻的碎片中
确实有人唤了一声
现在想起来
那是唤我的乳名

记得我乳名的人都走了
最亲的四个人
走前都喊着我的乳名
攥紧我的手唤我乳名
爷爷唤我时我很害怕
奶奶说快答应啊快答应啊
奶奶唤我时我只顾哭泣
父亲说快答应啊快答应啊
父亲唤我时我茫然失措
母亲说快答应啊快答应啊
母亲唤我时我肝肠寸断
我也呼喊着母亲母亲

从此再也无人唤我乳名
有几个健在的老辈人
也习惯喊我乳名
但那不是唤，不是那种
无论万千里之外何时何地
每一声心头就会颤抖
眼睛就会滚出热泪的
唤

在农村参加一场丧事

如今老人去世，很少听得到哭声了
抑或是被喧嚣的锣钹唢呐屏蔽了
儿子忙着按道士的要求做跪起
时不时还要摆个姿势拍照发朋友圈
来的亲戚们有的在划拳喝酒
有的在打麻将、玩扑克
一副瘦弱的身躯软软搭在棺盖上
因为恐惧而哆嗦的手已经平静
几天前还很黑的头发现在白了一大半
此刻也在酣睡
睡在水晶棺里的人想喊冷
却先滚出了几滴热泪

七夕那天

七夕没有写诗
那天天气也不好
连月亮也看不到
更别说遥远的星系了
更别说那里的人和鸟了
那天心情也不好
一早醒来就不好
在梦里就不好
准确地说
是梦的结尾部分不好
一开始都是仙境
舒着广袖凌空飞翔
接着发现不止我一人
接着发现这些人里有惊喜
有的面孔似曾相识
她们像一群花瓣
把我盛开在中间
我落荒而逃
准确地说
我还想在梦里多待会儿
我觉得
应该还有一张更熟悉的
面孔

参观一座小山村

这里是深山
一条小路九曲回肠地把我们送进来
空气干净，山水干净
村里的小路干净，纳凉老人以干净的眼神
注视着我们这群貌似重要的过客
路边小溪无声地流淌着，有小鱼畅游
旁若无人。一群鸟儿在树上对唱
叽叽喳喳，应该不是为了争夺
那两棵开满花的树，因为这里的树都花团锦簇
一辆摩托车驰过，惊飞了稻田里的蝴蝶
这是我这些年来第一次挨近稻谷
禾苗沐浴着金色的阳光，茁壮成长
跟我年轻时播种的谷禾如出一辙
小村的四周都是高山，重峦叠嶂
几十户人家，两百余人口
却育出了将军、作家、大学生和商贾
由于群山环抱，这里的人养成了仰视的习惯
他们会扬着头回答你的问询
一如他们的性格，戆直、倔强、机警
这些狭窄地往山上层叠的稻田就是证明
它们整洁、干净，像手工制作的艺术品
严格地说，在山民眼里，它们不是一般田地
而是在养育一代代人的命根子

无家可归或家是什么

我的家在遥远的长江边

自古就有名气

人们称它鱼米之乡

那里的莲藕有十个孔

全国独有

老辈人称之"聪明菜"

吃出了很多状元和博士

那里的稻田能养鱼

傍晚时分，鱼儿

纷纷跳起来吃稻花

夕阳给它们涂上金色

这些景象刻在脑海深处

想起来耳畔仍有鱼叫

现在村子已经拆迁

炊烟被白云收纳

对面山已经铲成平地

有人在测量、打桩、画线

大樟树扑倒在地已无生命体征

举目四望

再也找不到诞生我的老屋

我不知道还建楼的意义

弟弟兴高采烈

从此也住上了高楼大厦
面对被水泥钢筋吃掉的田园
我心里飘过一只断线风筝

远走高飞或离乡背井

小时候羡慕鸟儿
翅膀一拍就远走高飞
多年后，深陷千里之外的城市
回望来路，浑身血液
呼啸起离乡背井的酸楚
不知道鸟儿会不会想家
而我最终发现自己
依然是那个快乐的少年
也或许我没有真正离开过
那座叫徐家湾的古老渔村
否则，我的记忆怎么这样清晰
老水井里青蛙的叫唤
熟透的枇杷落到地上的叹息
杉木锅盖咧开嘴噗噗地漏汽
正午时分水塘边孤单的捶衣人
夜晚长江波浪结伴而行的脚步声
剃头匠叼着烟说着老式段子
牛背上的少年吹着竹笛
蓝天高远，此刻他的心已经
骑到了云朵之上
我确实没有长大
我从来不曾远走高飞
从来没离开家乡的怀抱

下徐湾一棵柿子树

抖落最后一片叶子
高举一身灯盏
在深秋
照亮村口的沙土路

天气一天一天凉了
多余的青涩逐渐释放
柿子暗含蜜香
天气一天比一天更凉了

皮肤严重皲裂
僵直的躯干已无法弯曲
最后一盏跌落
地面摆出一个残局

远行人还是没有消息

白　露

现在还穿着短袖就是白露了

有人嘀咕"我以为是处暑呢怎么就白露了"

白露就这样急匆匆赶来了

这也不是白露的错

白露为霜，戴围脖是多余，最少应该穿夹衣

八月过了，桂树也没有开花

正在干旱的草木并不奢望明晨的沐浴

天气太热了，知了只剩下一件羽衣

肉身不知何去处

河流湖泊多数干涸

地头的作物一触即燃

伤心的农户根本滚不出泪珠

所有的冰箱空调都在满负荷工作

人们恨不得泡在泉眼里

白露了，霜降还会远吗

想到这里

我内心跌下一片雪花

云中谁寄锦书来

月亮上没有快递
锦书是寄不出去的
如果有，又会是谁执笔
月亮上没有的
满天的星星都没有吗
不论哪里
穿云而来就很应景
如今，认知反转
我们知道那都是虚妄
没有嫦娥
没有吴刚
但有彩虹
有祥云
谁人当空舒广袖
谁人遍撒无字书
那一片片白云
那一枚枚雪花
一定写满了"天机"
只是我们功力不深
存在眼障和心障

由归鸟想到的

有些事情不明白

比如，鸟儿晚上回到哪里

都是住在树上吗

斑鸠、喜鹊

白天成群结队，斗嘴追逐

晚上住在哪里

我注意到入夜的树丛

喜鹊和画眉住在树上

麻雀选择了屋檐和墙洞

猫头鹰行踪诡秘

长尾鸟的脚爪有抓力

一根树枝就可以当床

更厉害的鸟住着更大的树

牛背鹭、苦厄鸟和柳莺都很强势

小云雀、百灵、鹩和棕扇尾莺

钻进草丛，半梦半醒

多像劳碌奔波的人哪

黄昏时分

有的爬上高楼大厦

有的隐入深宅大院

有人栖身高架桥下

有人止步于十字路口

启　程

把他乡当故乡的人
不会真的忘记故乡
无论多少年
依然能从人流如织的他乡
捕捉到乡音，而自己
张口也能亮出流利的方言
仰望星空，关山重重
一年又一年，对家乡的思念
像鬓角的雪，越发厚重
少小离家老大回，古人
累死十匹马也要把家还
如今，所谓千里之外
最远的距离不过几小时
我像一块出炉膛已久的铁
诗和远方已不再滚烫
梦呓里反复牵挂的
是自己的祖屋、出生地以及
父母亲的坟茔。每天晚上
我总要把行李箱放在身边
做出一副随时
启程回家乡的样子

那朵云来自故乡

有人喜欢看月亮

我喜欢看云朵

我觉得月亮太远

什么也看不见

而云朵辽阔

可以写上任意的内容

能让我读到少年时

写的诗句和吹奏的乐曲

能看到二伯喂养的鸭群

能放眼浩渺无边的大冶湖

看云的兴趣

绝不是远离家乡才有

年幼时我就喜欢躺在草地上

看白云匆忙的脚步

看她扮演成各种动物

在蓝色的大幕上惟妙惟肖

那么多那么大的云朵呀

总有一朵在微笑

一直到现在，无论天南地北

这朵微笑跟着我

那么熟悉

像我奶奶

兔儿爷

兔儿爷死了
他怎么会死呢
他怎么能死呢
他自己说他不是人
是铁打的
是窑里烧出来的
是老木头雕刻出来的
他说他
电不死淹不死活埋不死
可昨晚家乡来消息
通报兔儿爷死了
我使劲把惊讶压住
他不怕诅咒
比如说他断子绝孙之类
他不怕报应
比如死后下油锅之类
一般时候
村里人敬而远之
有的时候
却又要把他供奉出来
比如和邻村打架
他只要亮相

对方屁滚尿流

你怎么就能死了呢

不是人的人也能死吗

想到桃花流水时节

他抓了很多鱼

自己只拿两条带走

想到那年隔壁失火

他第一个拎着水爬到屋顶

后来据说

十里八村来了很多人

兔儿爷的后事办得

也算风光

祝英台

谁也没想到

过年几场大戏

把一个小孩子的魂

勾走了

半个月后

他还以为自己是梁山伯

心中装着祝英台

他的耳朵里响着

戏台上的乐曲

他的世界还是

高靴、水袖、纶巾

凤冠、霞帔、丹凤眼

轻盈之间

顾盼之间

满眼都是缠绵

他看到蝴蝶就发呆

他害怕上学，害怕

女同桌的眼神

害怕她就是

藏在心中的祝英台

歇歇脚

是大江大湖的标志
是刻在祖祖辈辈心中的龙
滔滔江水是奔腾的血脉
我们喊她母亲
而今濒临干涸
六十岁的父亲说没见过
八十岁的爷爷也没听说过
再大旱的年月
也有足够的乳汁
哺育一代代人

披星戴月从不停歇
负担越来越重
步履越来越沉
仍然川流不息
每回徜徉在你身边
注视着你不敢怠慢的神情
很想请
很想牵上您苍劲的手
坐在月光下
香甜地打个盹

在我的记忆里

劳累之余的母亲

总爱说

让我睡一会儿就好了

壬寅年中秋夜

还是老一套

月亮犹豫了一会儿

亮堂堂地钻了出来

小桌上放了水果和月饼

摆了龙门阵

放了五把椅子

沏了五杯茶

要准备一些话题

就从那年偷香瓜开始

还有怎么把小水蛇

系在同桌小翠的辫子上

要选择一个角度

月挂中天时稳稳地装进酒杯

其实那几个人来不了

更堵心的是

老桂树也关住香气

今年居然没有按期开花

院子里只有一把年迈的月色

在一圈圈踱步

点燃一支烟吧

跟去年中秋相比

应该有一点变化

在东江钓鱼

在东江钓鱼
更多的是钓月色
钓跳跃在水面的银光
东江本身是一条大鱼
密密麻麻地闪烁的
就是片片鱼鳞
垂钓者是一尊石头
风吹不动
雨打不动
他不是姜子牙
他的鱼钩是带倒刺的
他怀揣明白
纹丝不动
日复一日
陪着高大的榕树
陪着步履匆匆的江水
他聚精会神地
钓着自己

试论仓颉造字的重要性

如果没有文字

就像一座空山

没有树木，没有草

没有矿藏，没有人迹

没有野兽，没有鸟鸣

就像一栋空房

有家具，有炊具，有绿植

没有人，没有女人

就像一个人

只有皮囊，能走动

能眨眼皮，能吃能喝

这和动物有什么不同

就像爱

没有字就写不成诗

没有诗

怎么能让爱动情

螃　蟹

五花大绑的是心
所有的念想都断了
面对必须去的刑场
油炸、清蒸、水煮
选个喜欢的死法都不行
丧命前还要被人戳戳眼睛
看看是否尚存一口冷气

一辈子只吃浮游生物
却被说横行一世
虽说举着两把剪刀
其实只有吓人的本事
第一个不怕死的人
一定是饿到没办法
才掰开了画着图案的壳

能择水而居
也能挖洞穴而栖
到底源自湖泊还是陆地
已经没有太多意义
如今这种生物十分可怜
无论在哪里出现
立刻丧命

人 类

人类无所不能
不知道应该歌颂还是敬畏
四条腿的、两条腿的
一条腿的、没有腿的
天上飞的、水里游的
土里打洞的
圆毛的、扁毛的
长鳞的、带壳的
野生的、家养的
不论来自湖泊还是深山
刺身 、爆炒、生腌
佐以鲜汁酱醋或蚝油

世界是人的
人已经战胜老虎
稳坐食物链的顶端
动物们说到人类
心怀恐怖
"你们已经不是人了"

我就是自己的菩萨

所有解释不了的问题
都归命。我们喜欢说，一切都是命
一个命字，承载了
悲欢离合的全部责任
但是，即便都是命
也需要一个解答
有因必有果，命是结局
因又是什么

命是动词
树木是名词。可木雕刻成菩萨
已经不只是名词。我喜欢
注视菩萨的眼睛
总觉得像一口深潭
奶奶告诉我，菩萨救苦救难
此刻，菩萨又是一个动词

放眼看去，满世界都是命
形形色色的命
多半的命是两手空空
眼神空空，心思空空
菩萨端坐在庙宇

一言不发，只传心意
我们的理解是
色即是空

既然一切因成就一切命
命的问题，命说明不了
就要跟菩萨诉说
事实上，除了金丝楠木
菩萨可以是一阵风
也可以是一道光
所以虚无是最大的力量
菩萨知道一切的真相

我在长江边
读完每一页江水
肉身就装满无声无息
我就成了自己的菩萨
我知道我的因
我的命，在命的尽头等我

魔法棒

如今的小女孩

紧握着一支魔法棒

动不动就对着你一点

口中念念有词

就要把你降住

或者变成她想象中的什么

对于母系社会

想起来有些不习惯

潜意识里还真有些憧憬

但说不定更有柔情

仔细打量

小姑娘们四五六岁

英姿飒爽

还真像个人物

秋风直抵我的胸膛

秋风心怀慈悲

从遥远的北方赶来

浇灭了我心头的热浪

今年干旱

湖水缩成一团

浩渺的碧波成为一坛黄水

田野张着口在喊渴

几块皱巴巴的白云

像老妇人干瘪的乳房

没有风的驱动

尘埃也能粉饰太平

我是怕热的人

一到夏天不易出汗

全身毛孔都闭着嘴巴

酷热被堵在皮肤以内

要改变这个境地

只有等待季节变迁

白露，秋分，寒露

我最喜欢霜降了

因为我在南方

只有到了这时

大瑶山才打开山门

疲惫至极的秋风
像一柄银样蜡头枪
直抵我的胸膛

那　时

那时
我们胃口里装着
红薯、土豆、苞谷
我们身上穿着旧衣服
裤子上的破洞是真的
那会儿手脚还爱生冻疮
我们大声喊口号
一个赛一个，乐此不疲
像一群又邋遢
又不安分的小鼹鼠
我们想着全人类
心中装着全世界
人人的梦想就是
长大要当兵

口　音

不同地方的人
都有自己的口音
这种与生俱来的差别
是神的赐予
无法伪装

一般人
牙牙学语之后
渐渐就有了音色
是口齿伶俐还是闷葫芦
三岁能见分晓
五岁能见前程

同一地方的人
发音也有厚薄
除了整体语言风格
还受父母的影响
父亲说话干净
子女说话就干脆

我的谋生步履覆盖
大半个中国

之后又客居异乡
快二十年了
只要一开口
还是容易暴露我的籍贯

每逢回到老家
姊妹们都讲我说话像父亲
我很欣慰
模仿言语大半辈子
京腔、湘音、川话
我的口音本色一直没变

松　针

松涛曲调单一
但低沉
躁动里隐藏着压抑
山在起伏、颤抖
像倒悬在空中
没有根基
松树是一把刷子
梳理着大山的心绪
我更愿意把松针
比喻成鬃毛
山峦列队
像嘶鸣的战马
飞扬，激荡
要踏破黎明前的窒息
为即将临盆的春风
举起根根青翠

李时珍

山还是你的山
只是草木全非
书中流着你熟悉的
墨香。我们能看到
翻山越岭的你
在每一株植物前
深深弯腰

一剂药、一瓢水、一勺酒
就能去掉病痛。设庙造像
一部书传六百年
江山雄壮，儿女俊美

如今
采药人变成种药人
满地丰收却难遏沉疴
不是你写错了药方
病没变，药力变了

被拜六个世纪
现在立地成佛
既为佛，请直言

或在哪里藏一个锦囊

受苦的人

需要一个妙计

认　床

我睡觉从不认床
奶奶说我被丢到猪栏里
也能困着
媳妇说我聊不了三句话
就睡成死猪
打呼噜还不忘说梦话
如今年过五十
说少不少说老不老
却生了坏习惯
睡觉认床了
先是床垫太软睡不着
后来是陌生的床睡不着
总是一挨枕头就会想起
奶奶那张铺了
干谷草的木板床

母亲的生日

母亲喜欢过生日

我的生日

弟弟妹妹的生日

父亲的生日

爷爷奶奶的生日

她都无比欢喜

天蒙蒙亮就起床

把屋里屋外清扫干净

把水缸挑满

把炉膛填满

把锅烧开

她要蒸红苕

要蒸一碗鸡蛋羹

要蒸一碗白米饭

这是过生日的人特殊待遇

当天晚上

煮的小碗长寿面

至今想起来

我都会被从锅盖扑出来的

水汽浇灌

会被红苕和鸡蛋的香迷茫

母亲会端着一大碗红苕

笑眯眯地看着
寿星们吃着米饭
吃着长寿面
长寿面好长啊

母亲一生没有过生日
因为她不知道自己生日
外婆家的人都不知道
只知道她生于
一九四四年冬日

落脚点

本来就是光溜溜地来

本来就是传承庄稼人的衣钵

本来就是为了活一张嘴

本来就是为了传宗接代

本来就是床底下的风筝

本来就是网箱里的鱼

本来就是烂泥糊不上墙

八字缺金缺贵

本来就是一点没变

本来就是变不了

十年后这样

三十年后这样

五十年后还是这样

本来就是一只落单的雁

在这人间

一直盘旋

如今骄阳已老

岁月已显苍白

落脚点还不知在哪里

或许本来就没有落脚点

厨 艺

把生的做成生的
把刚杀死的做成活的
在苦里加入涩
在辣里加入甜
给一块牛排按摩
给一爿猪肉排酸
在火焰里加进松香
在锅底汤里加进芝麻
大火、中火、文火
在烟雾里观言察色
一条出锅的鱼
还在倒吸一口凉气
除了刀工、火候
装盘更要想象力
南瓜变身牡丹
萝卜变身白鹤
黄瓜皮变身凤凰
偶尔口蜜腹剑
偶尔指鹿为马

哭　嫁

女大当嫁

从此姑娘成嫂嫂

这是个必然的过程

嫁女是人生大事

爱女初长成

如今要进别人家

内心难免万千不舍

按我老家的习俗

要提前半个月开始哭嫁

细数养育不易

宣传女儿的优点

长辈哭完同辈哭

这种场合

人们注重哭嫁文

要说尽好话

要有韵律

只有父母

稀里哗啦流着真泪水

待嫁的人盖着红布

咿咿呀呀

听上去很揪心

哭腔里却流出喜悦

永远的湖

放眼大冶湖

感觉小了很多

是我的眼睛变大了

还是我的心变大了

小时候我觉得

这是全天下最大的湖

万顷碧波蓝天一样无垠

我躺在湖水上漂浮

感觉在天空飞翔

大冶湖年迈了

像天下所有的老母亲

向儿女们坦陈着

无私、慈爱、不舍

芦苇在北风中弯腰

鱼儿从不同深度搁浅

浪花跃起

已失去高度和弹性

但无论如何

大冶湖还是大冶湖

是我永远的湖

花果山遇故人

有人把湖边的荒山撕开
要重新植入图画
我走在刚挖的红土路上
感受着各种果树的呓语
他们还准备沿着湖边
在果木的小径中
养育一排童话小屋
上午的阳光孕育着这片
叫花果山的新地方
大冶湖尽收眼底
湖风爬在光光的枝头
溜来溜去
我突然坠入虚空
一个光屁股的少年
偷偷在一叉湖湾练习游泳
他时而狗爬时而仰面朝天时而
扎进湖底
这时有人喊我乳名
一个老人快步上前
端详着我问我的名字
我说我是，是的，是我
他哈哈大笑起来

你也老了啊，他的爽朗
触发了记忆深处，我问他是不是
他说是的呀，是的呀
哈哈，都老了
不过你还不老
你的脚步蛮轻快

后　记

其实我真的不是一个善于折腾的人。

回望过去的四十多年，我却一直在改变。

这跟我的折腾是分不开的。我不爱折腾，可是又在折腾，而且有时折腾得离谱，或许这就是命。说到命，我应该充满感激，命运给过我很多机会。结果我都没有选择正确。从湖北到湖南，从湖南到北京，从北京到安徽，从安徽到贵州，从贵州到广东，眼花缭乱。提及过去的历程，我总是给予自己严厉的批评。但是唯有一宗，那就是写作，我从未放弃。我始终保持着阅读的习惯，大量的年度文学选本，大量的年度重要著作，鲁迅文学奖、茅盾文学奖、诺贝尔文学奖作家作品，多数时候都是"秉烛夜读"。所以，无论我在哪里，身边都是一堆书。虽然必须应付忙碌的工作，但是我也会尽量压住心头的浮躁，练练手，例如写一首诗，写几句随笔。直到 2014 年后，写作重新"回到"自己人生的重要位置。我的确说过"再不用心写一写东西就是对自己的人生不负责"这句话。

无论别人怎么看，对我来说，写作是我最快乐的事情。虽然我不能跟别人一样高产，但是我心里有一位神，时时督促我"该写几首了"。慢慢就成了习惯，有些时日没写几首心中就会不安。这样，在 2017 到 2022 年先后写了千余首诗作。2022 年上半年突然有了一些时间，于是静下心来选辑了其中 500 余首，分成两组，一组以《水的样子》

作为书名，已在百花洲文艺出版社出版；一组是这本《给天堂里的父亲写信》。

感谢著名诗人田禾老师写序，他既是我的偶像，也是我的朋友，可谓"良师益友"。我们同是大冶的乡下人，三十岁以前很多经历惊人相似，特别是 1989 年以前的人生经历。1989 年，我从武汉回到大冶，他则继续留在三官殿写诗并取得了巨大的成就，我后来去了劲酒厂工作，开始了没有任何编排的"酒人酒事（诗）"。在这个行业一呆三十年。在我邀请他写序时，他很开心，欣然答应。

在本书杀青之际，我想到了已故的爷爷奶奶、父亲母亲。他们的音容笑貌至今历历于心。他们做梦都盼望我能有出息，他们会掏出身上最后一块钱给我买书，农忙时节尽量不让我下田而要我看书（其实都是文学书籍），但是最终我也没有让他们看到我"出人头地"。但愿我的诗集出版，能给他们带去一点安慰。

2023 年 10 月 30 日于东莞高埗

（九八七酱酒庄园）

图书在版编目（CIP）数据

给天堂里的父亲写信 / 徐汉洲著. -- 武汉 ：长江
文艺出版社，2025.2
ISBN 978-7-5702-3495-0

Ⅰ. ①给… Ⅱ. ①徐… Ⅲ. ①诗集－中国－当代
Ⅳ. ①I227

中国国家版本馆 CIP 数据核字（2024）第 046819 号

给天堂里的父亲写信
GEI TIANTANG LI DE FUQIN XIEXIN

责任编辑：胡 璇　石 忆　　　　　责任校对：程华清
封面设计：祁泽娟　　　　　　　　　责任印制：邱 莉　王光兴

出版：长江出版传媒｜长江文艺出版社
地址：武汉市雄楚大街 268 号　　　邮编：430070
发行：长江文艺出版社
http://www.cjlap.com
印刷：湖北恒泰印务有限公司

开本：880 毫米×1230 毫米　　1/32　　印张：8.25
版次：2025 年 2 月第 1 版　　　2025 年 2 月第 1 次印刷
行数：4536 行

定价：58.00 元